U0123731

见字如面

刘娜／著

台海出版社

图书在版编目（CIP）数据

见字如面 / 刘娜著. -- 北京：台海出版社，
2022.1
ISBN 978-7-5168-3092-5

Ⅰ. ①见… Ⅱ. ①刘… Ⅲ. ①书信集－中国－当代
Ⅳ. ①I267.5

中国版本图书馆CIP数据核字(2021)第221991号

见字如面

著　　者：刘　娜

出版人：蔡　旭　　　　　　　　　封面设计：@刘哲_NewJoy
责任编辑：徐　玥　　　　　　　　　策划编辑：刘　洁　牛宏岩

出版发行：台海出版社
地　　址：北京市东城区景山东街20号　　邮政编码：100009
电　　话：010-64041652（发行，邮购）
传　　真：010-84045799（总编室）
网　　址：http://www.taimeng.org.cn/thcbs/default.htm
E-mail：thcbs@126.com

经　　销：全国各地新华书店
印　　刷：众鑫旺（天津）印务有限公司
本书如有破损、缺页、装订错误，请与本社联系调换

开　　本：880mm × 1230mm　　　1/32
字　　数：170千字　　　　　　　　印　　张：8
版　　次：2022年1月第1版　　　　印　　次：2022年1月第1次印刷
书　　号：ISBN 978-7-5168-3092-5

定　　价：42.00元

版权所有　翻印必究

我生于 1981 年。

那是一个没有网络，电话也不普及的年代。

人与人若要相见，需要坐火车、汽车或轮船，披星戴月，昼夜赶路，翻山越岭，方可见上一面。

亲人之间，相隔两地，平日里都靠书信往来。

我家在河南，我母亲的大姐，也就是我大姨，被招工进了钢厂，从湖北、四川辗转到上海宝钢集团，才算安定下来。

犹如每个大家庭的长姐一般，远在异乡的大姨非常顾家。她几乎每隔一两个月，就会从上海给我们寄邮件回来：有时是或新或旧的衣物，有时是或多或少的钱款，有时是乡村买不到，但我患肺结核的母亲急需的药品。

不管寄什么来，大姨都会附上一封信，说说上海那边的情况，鼓励我们好好学习。

在我童年的记忆里，大姨的来信，犹如贫困而粗粝的生活中一道充满希望的亮光，不仅总在关键时刻帮助我们那个小家渡过难关，而且凿通了少年的我与外界之间的一堵墙。

在那农田和村庄，粮食和庄稼，闭塞和偏见之外，还有一个遥远而崭新的世界。

我还没有去过那个世界，但那个世界一定存在，且与故乡的风光不同。

大概怀着对新世界的向往，我踏上了刻苦而自律的求学路，成了我们那个三乡交界的贫困小村里，第一个考上本科的大学生。

到大学报到的第三天，我收到了一封来自北京的信。

怀着好奇，打开一看，竟然是我高中时暗恋的一个男孩子写来的。

我欣喜若狂，却没有勇气把内心的想法讲给他听。年少的自卑和困顿，让我不敢面对真实的自己，就顾左右而言他，用极其晦涩难懂的语言给他回了一封信。

没有想到，他的回信很快到来。他用质朴而温暖的笔调，给我讲了学校的趣事、北京的见闻、读书的感悟，当然还有，每个 18 岁的男生都会遇见的烦恼和哀伤。

我们开始了频繁的书信往来。

尽管，我一直没有勇气向他表白，而他自己好像也一直活在某种困境里，距离上的遥远和情感上的羞涩，让我们彼此无法互相搭救，但他的时常来信，依然成了我青春岁月里某种堪称信念的东西。

我读了他推荐的不少书目，在读书后开始练笔，给很多报纸投稿，大学期间就发表了数万字的文章。

因为他读的是新闻学，毕业后就当了记者。而学历史的我在大学毕业后，竟然阴差阳错进了报社，如他一样，也当了记者。

我们失散在青春里，但某些温热且顽强的东西，一直保留了下来。

比如，关于读书和写信，关于青春和致敬，关于遥遥相望的牵挂和羞于启齿的一代人的情感。

到了报社后，我工作的第一个部门是新闻热线部，其中一个任务，就是接收读者来信。

那是纸媒的黄金时代，读者对媒体有着天然的敬仰和信赖。

来信的读者特别多，我读着那些书写或工整或潦草，文字或朴素或激愤的信件，总会想起已经去世的大姨，还有走散的那个男同学。然后，一个人坐在办公室里，逐一给来信的读者回复，就像完成某种仪式，或填补某种遗憾。

再后来，我成了报社最火的栏目——情感专栏的主编，通过书信和电邮，和各种各样的读者进行情感交流，听了很多爱恨情仇的故事，也读了很多缠绵悱恻的来信。

为了给更多读者提供情感和心理的支撑，我读了心理学。也为了让写作不再局限于传统媒体的题材和禁锢，我在38岁那年辞了职。

我开了自己的公众号"闲时花开"，并在公众号里开了一个专栏叫"娜姐来信"。

我在自己的一亩三分地里，重访旧时光，阅读他人、他事和自己。我一次次把自己打开，也一寸寸走近更多人。

我在别人的故事里，看见了自己的疼痛和眼泪；我也用自己的理解，陪伴更多人挨过长夜和困境。至今我都不清楚，我和来信的读者，到底是谁救赎了谁。

或许，这本身就不重要。

重要的是，我清楚地知道，在这个世界的某个地方，有个人曾给我来过信，我曾给他回过信，我们通过书信彼此靠近，又通过这种靠近，获得爱的能量并懂得慈悲。

这就够了。

写信的意义，并非一定要辨明什么真知灼见，而是为了在看见与被看见中，知道自己并不孤独。

这正是我出版这本《见字如面》的初心：在这个急躁而功利的时代，我愿意当那个给你写信、回信的人，和你一起面对内心的脆弱和温柔、孤独和柔韧、遗憾和珍重。

这本书收录了我这些年写给读者的信件里最有代表性的部分。这一封封写给少年、青年和中年人，融汇成长、爱恋和婚姻的信件，来自读者，也来自我心。

为避免不必要的麻烦，来信关乎个人隐私的部分，都已处理，但一点都不影响阅读和体悟。

所以，这不是写给某个人或某些人的信件，而是让各个年龄段的人，都能照见自己的情感手册。

感谢每位来信的读者。

感谢我的编辑。

感谢曾用信件温暖过我的亲人和朋友。

感谢我的爱人和孩子对我写作梦想的支持，始终鼓励我写出最真实的心声。

感谢每位阅读者。

见字如面。

刘娜

目录
Contents

隔代养育
找到你生命的那只蝴蝶

刘娜阿姨:

　　见字如面。

　　我今年 16 岁,在单亲家庭长大。在我很小的时候,父亲就和母亲离婚了,他再婚又娶。我虽然由奶奶带大,仍称继母"妈妈"。妈妈对我很好,虽然没有像对弟弟、妹妹那样亲昵,我依然感谢她、尊敬她。奶奶把我养大不容易,这一点我一直铭记于心。但 10 多天前,我们之间发生了一件非常不愉快的事情。

　　期末考试前,有个男同学来我家找我,说有数学题要问我。因为我只是把他当一般同学看待,所以想都没想就同意了。奶奶觉得我早恋,男同学走后,她责怪我这么小年纪就让男人来家里。我跟奶奶解释,她不相信。我当时全心准备期末考试,不想分心,就没有再多说什么。考完试后,我看奶奶心情好了,就主动向她示好,我们又恢复到了往常那样。但当天晚上,奶奶来到我的房间,坐下来和我谈话,把她掌握的关于我生母不知道真假的乱七八糟的"情史"，全都和我说了一遍。

"你妈妈非常风流，要不是她这样，你爸爸也不会和她离婚。"奶奶说。当时她的态度就好像我就是我生母一样。

说实话，我只是在很小的时候见过生母，差不多忘掉她长什么样了。但奶奶的话还是让我非常难堪，非常难过。特别是奶奶说到后来，越说越细，越说越狠，说什么"遗传的力量很大""毕竟你是她亲生的""你都不知道她有多么恶心人"。

她一直在讲我生母的风流和不堪，并不断拿她和我比较。我实在忍受不了了，就哭了起来："你为什么拿她和我比较，她是她，我是我，你为什么冤枉我……"

因为我说话声音很大，还哭了，顶撞了奶奶，奶奶非常生气，把这件事告诉了整个家族的人。

现在，所有人都认为我错了。可能就是我错了吧。我错在来到这个世界，摊上这样一个生母，生活在这样一个家庭；错在明明奶奶养育了我，我却还要顶撞她，惹她不高兴。

但是，我心里的伤又有谁能看见呢？这个家又有谁能理解我呢？

刘娜阿姨，您能收到我的来信吗？您会回复我吗？我好难过，不知道怎么处理这件事。

非常高兴收到你的来信。

首先，我要告诉你的是，在这件事中，你不仅没有做错什么，而且做得非常漂亮。

第一，男同学来你家里问问题，你大大方方地同意，而且在奶奶指出你早恋时，你很坦然，没有过多争辩，把主要精力投入紧张的备考中。分清主次、专注当下、不受干扰，仅这一点，你就超越了很多同龄人。要知道在一生中，我们会面临很多选择，听见很多噪音，分得清轻重缓急的人，才不会被杂音干扰，而搞砸手头最该做的事情。

第二，在奶奶指责你生母，并给你乱贴标签时，你勇敢地表达了自己的感受，而不是默认她的错误行为，让她继续伤害你。我为你的真实和勇敢点赞。虽然这让你四面树敌，但在冲突中你也明确捍卫了自我，不允许别人随意侵犯，尽管你哭了，我依然觉得你很酷。

表达真实的感受，表达不屈和愤怒，捍卫尊严的底线，这是一个孩子走向成人最重要的战役。虽然有时候它因不愿向偏见和愚孝臣服，被大人贴上"叛逆、不听话"的标签，但在博弈中，它引领你向周围勇敢亮剑：我是一个人，不是一个木偶；我是有尊严、有底线的人，不能被你们随便贴标签。

但是，孩子，一个人仅仅敢于亮剑，是不够的，还要有智识和行动。

所以，16 岁的你要搞清的第一个真相是：和你相依为命的奶奶，为何这样羞辱给你生命的生母？

奶奶的仇恨和恐惧

大人们经常容易犯的错，就是把自己无处安放的情绪，投射到比自己弱小的人身上，还不断叫嚣着："都是你的错！"很多孩子之所以心理扭曲，是因为大人之间的相互攻击，让他们变得分裂，感到委屈。

长久以来，你的奶奶都是仇恨你生母的。她恨你生母与你爸爸离婚，害得你无父母可依只能依靠她，害得整个家族承受流言蜚语……离婚后，你生母不见了踪影，她的恨就一直憋在心里。直到有男同学来家里找你，奶奶的恨被再次激活。她武断地认定你早恋，是害怕你像你生母那样，让她和你们家承受流言和难堪。为掩饰内心的不安，她使劲说你生母的坏话，完全忽略你的感受，甚至不惜伤害你。但是，孩子，你要看到，奶奶对你生母的羞辱，是两个成年女人的积怨和战争，不是你的错。

这些年，一直找不到对手的奶奶把你当作仇恨的假想敌，去比较，去嫌恶。这不仅是错误的，而且是愚昧的。但这愚昧里，也藏着奶奶的不安和恐慌。

你仔细想想，这些年，在你的生命中，何尝不是奶奶一直扮演着母亲的角色？她一味羞辱你的生母，除了恨，一个更重要的原因是，通过贬低你的生母，她抬高了自己，就能稳固自己在你心中的地位。只是，格局如她，不会想到，一路努力一路成长的你，不会因父母离婚而仇视生母，不会因羞辱而屈服于奶奶。你的客观、善良、理性是你内心的明珠，愿你能一直守护它们。

孩子，进入青春期的你，除了看清身边人，还要具备下面的能力。

生命的苍蝇和蝴蝶

一个孩子最容易犯的错，就是在对大人的不满和抵触中，荒废掉自己宝贵的人生。他们总想对抗大人，总想说服大人，总想纠正大人，结果因为自己不够强大，没有话语权，越来越糟糕，一辈子逃离不出大人的控制，最终变得满腹戾气又一事无成。

你不要当这样的人。你看见奶奶的仇恨，理解奶奶的不安，看穿周围人的迂腐，不是为了认可他们，默认他们继续伤害你，而是为了不让他们消耗你，避免成为他们那样的人。

只要留心观察，你就会发现，我们周围那些花大量时间去争吵的人，迫切想说服别人的人，最终根本改变不了什么，反而活成了哪儿脏叮哪儿、人见人烦的苍蝇。

为什么？

因为，谁也改变不了谁，每个人的改变都只能来自自己；谁也说服不了谁，我们最终说服的只是自己对事物的看法。

每个人最重要的使命，是在一路努力中，带领自己来到更开阔之地，活得像一只美丽自由的蝴蝶，而不是明明很讨厌某些人、某些事，最终却被他们消耗掉整个人生。放弃对奶奶的抵抗，放弃对别人的拷问，就像你一直做的那样，专注而投入，理性且善良，把学习搞好，考上好的大学，遇见好的队友，成为自己人生的领跑者。

孩子，希望你有机会心平气和地对奶奶说："奶奶，我爱你。但是，奶奶，我是我自己，不是任何人，更不是我生母。"

如果一遍没有效果，那你就重申两遍、三遍……

我相信，养育你也害怕失去你的奶奶会慢慢改变。因为，这些年，为你付出最多的人，希望你越来越好的人，不是别人，正是她呀！

亲爱的孩子，最后，我想和你分享这样一句话：我们每个人体内，都住着两个或多个自己。

所以，成长，本质上是一场自己战胜自己的过程。当成熟的你打败了幼稚的你，勤奋的你打败了偷懒的你，平和包容的你打败了冲动抗拒的你，最好的你，就在来路上。

加油！

原生家庭
成长就是对父母去神化

娜姐:

您好。

论年龄,我当叫您阿姨。我今年 16 岁,是一名高一女生,现在已经开学了。

我上的是重点高中,这说明我之前的成绩还不错。但这次开学后,我总是失眠流泪,无法专心。

实话告诉您吧,在疫情期间我才知道,我爸早已背叛了我妈,还和别的女人生了孩子,那孩子已经两岁了。

在这之前,我爸和我妈联合编各种谎话骗我。特别是我爸,我那么敬重他,那么相信他,一直那么爱他,现在想起他说的那些爱我的话,那些人生信仰,那些仁义道德,都会觉得特别荒谬。他这样一个背叛婚姻的人,有什么资格说那些美好的词语?又有什么资格教育孩子当个好人?

我妈早知道我爸出轨的事,但她却打着"出差""外调"的幌子，为我爸不回家找借口，甚至偷偷从网上买礼物，说是我爸出差回来给我带的。我爸这样伤害她，她竟然还充当他的帮凶，她为什么不离婚，不和我爸决裂？这也太虚伪了吧！

我劝她离婚，她说，她不想让我没有家。我说，没有我爸，我俩也是家。我妈就一个劲地哭，说她为我爸付出太多了，她不忍心就这样拱手让给别人。问题是，她不让给别人，别人不还是把我爸抢走了！

这些天，我脑子里总是冒出各种不好的念头：一会儿希望自己不要出生在这个家庭里；一会儿觉得要是没有我，我妈就会离婚了吧；一会儿又觉得自己将来大概也不会结婚不会生小孩，爱情和婚姻真是太让人失望了。

这些消极的念头在我脑海里不停掐架，导致我这周的考试考得也很差，甚至周末都不想回家了。

我在这思想斗争里走不出去。我该怎么办？

您会给我回信吗？

感谢信赖。

回答问题之前，先说说我自己的家庭。

我父母是没什么文化的农民。在我爸还是个十来岁的少年时，我爷爷就因饥荒饿死了。几年后，我奶奶也不幸患病去世。父母的过早双亡，让没有什么靠山的我爸，性格里充满了犹豫不决和谨小慎微。他总是与人为善，难免懦弱退让；他习惯委曲求全，总是牺牲自己；他一生都爱面子，于是活得很累。

我爸这种胆小怕事的性格引起了我妈的不满，我妈对我爸的攻击又都传到我们兄妹的耳朵里，让我们在"不满又可怜爸爸，害怕又讨好妈妈"的分裂中走过很多年。

后来，我读了书，成了家，来到城市，在岁月流转和人事阅历中，从犹豫不决变得干脆利索，从抱怨控制变得平和坦然，挣脱了我爸的懦弱，走出了我妈的否定，并在他们生病恐惧、衰老无助时，反哺给他们足够的安全感，也渐渐懂得了一个道理：父母也是原生家庭的受害者，所以在他们的情感电池里充满了创伤的电量。

由于时代局限和生活重担，他们没有途径去了解自己行为背后的缘由，以致不知不觉中，成为孩子的加害者。但这不意味着，他们的伤害就是对的。

如何从这种伤害里走出来，才是我们要面对的。

父母去神化，是每个孩子长大的第一步

一个孩子长大的标志之一，就是不再用神圣而完美的标准去衡量自己的父母。

当一个孩子把父母从神坛上赶下来，当作有血有肉的人来看待时，他才真正长大。但做到这一点，并不容易。

一方面，父母是孩子的天地，孩子把自己所有美好的想象都投射到父母身上，认为父母就应该品德高尚、完美无缺。另一方面，不少父母故意藏起缺点和脆弱，在孩子面前树立权威。孩子的期待和父母的隐藏，让真实的父母距孩子越来越远。直到有一天，成长中的孩子一不小心看见父母真实的模样，从神化的幻觉跌落进丑化的恨意，或伤害自己，或重塑认知。

孩子，从这一点上来说，发现爸爸出轨，发现父母婚姻有问题，发现爸爸、妈妈都并非自己想象的那样完美，反而是你成长的契机。你长大了，有自己的发现和思考了，有自己的鉴别和理解了，才洞穿了父母貌合神离的婚姻。

当然，爸爸背叛妈妈，家外有家，还生下孩子，却瞒着即将成年的你，这肯定是他的错。你对他感到失望，是他辜负你的信赖应该受到的惩罚。但我希望情绪混乱的你，能分清这样两个

事实：

第一，爸爸的错，是他自己的，不是你的。你是他的孩子，但不必为他的错误买单，进而觉得自己也是糟糕的。

第二，他背叛家庭，爱上别人，有了另一个孩子，是真的。但之前包括现在，他对你的爱和教育，也是真的。

学会客观地看待父母，进而宽容地接受自己，这是你从这件事上得到的第一个礼物。

不攻击自己，才能看清妈妈的委屈

孩子的善良，就在于对弱小抱有天然的悲悯。

面对出轨的爸爸，我想 100 个孩子中的 99 个都会选择站在妈妈这边，这除了因为妈妈是孩子的母体，还有一个重要原因是孩子觉得妈妈是受害者。

很多时候，正是孩子如此体恤维护妈妈，反而让妈妈不愿惩罚爸爸，不愿离婚。因为，对于一个母亲来说，如果能给孩子一个完整的家，她宁肯牺牲自己。这种思想是需要反思的：妈妈委屈了自己，孩子是感受得到的；妈妈不幸福，孩子也是看得出来的。就像你们家，爸爸的问题绝非一天两天，妈妈也早已知道真相，但她这个受害者之所以配合肇事者演双簧欺骗你，当然有她爱你，害怕你知道真相后无法接受的原因（你今天的来信也证明了这一点），但更大程度上，是妈妈自己不愿放手。是的，孩子，妈妈承受这么大的伤害，依然不愿离婚，是因为她自己不愿放手，不愿眼睁睁地看着自己爱了这么多年的男人就这样走丢。

所以，你不要把妈妈的眼泪和委屈全都揽到自己身上，觉得她都是为了你在承受。她是为了你，但更为了她自己的执念。不幸的是，她至今也未必知道，她的执念正伤害她最爱的你，让你在不能切割的混乱关系里无法自处。

不管最终妈妈选择放手，还是继续这样耗下去，愿你都能懂得，你是妈妈的孩子，但从不是妈妈的累赘。妈妈作为一个成年人，她的所有决定都是她自己的选择。

这是这个事件送给你的第二个礼物。

努力成长，才能治疗疼痛的伤

你的来信中充满了控诉，我看到的却是一个受伤的少年在知道真相后，对父母满满的爱。

你爱着爸爸，所以对他的背叛和伤害才这么失望，这么痛心；你爱着妈妈，所以对她的懦弱和隐忍才这么心疼。是的，孩子，即便知道了父母婚姻的问题，依然抵挡不了你爱他们，这才是一切烦恼的根源。但我们都无法回到过去，摁下重启键，让父母不犯错。我们只能迈向未来，打开前进键，让自己做得够好。

所以，从今天起，愿你给自己三个定力：

第一，不掺和父母的婚姻，要分要合，随他们。同时，拒绝当他们情绪的垃圾桶。不管谁向你诉苦，只要你不想听，都有权利拒绝。

第二，不学父母最坏的样子惩罚自己，也不用他们不幸的样子定义人间。当你长大，见过足够多的人后，也终将知道，很多长情而努力的人，都有温馨而质朴的幸福。

第三，好好学习，缓慢进步，永远是最好的路。这段时间，因为情绪问题，你无法安心学习，成绩退步了。不要怕，希望你看到这封信后，给自己耐心和时间去消化这件事，理清思路，然后回到学业中，以今天比昨天专注 5 分钟的进步，小步慢跑，稳步追赶。相信你有很好的底子，也一定有可期的明天。

孩子，这封长信的最后，很想和你分享这么一句话：遭受原生家庭之伤不是我们的过错，但走出原生家庭之伤却是我们的责任。

突围原生家庭的路，从来不是重演悲剧的报复之路，而是看清父母犯了什么错，以及错在哪里的认知之路；是在一路奋战中，让逐渐强壮的自己，摆脱父母的控制，丰满自己的羽翼，把责任的权杖悄悄从父母身上移到自己手中，筑就自己的成长之路。

懵懂早恋
父母心中魔兽的投射

娜姐：

见字如面。

我是一名高三女生，因为疫情不得不待在家中学习。我自控能力不是很强，为了克服自己的弱点，我和网课学习群里的一个男生组成了一个学习小组，我们相互监督鼓励，每天打卡学习，把当日完成的学习量发给对方。我之前每天只能学习 8 个小时，现在每天能坚持 10 至 11 个小时，很少再玩手机。

就在我兴冲冲地想和妈妈分享这个收获时，她查看我的手机，发现了我和那个男生的聊天记录，认定我在谈恋爱，还嫌弃对方是一个艺考生。她命令我必须拉黑这个同学。我保证没有其他心思，就没有听妈妈的话。第二天，她突然又审问我，是不是没有拉黑那个男生。我非常好奇她怎么知道，结果发现她偷看了我的手机。我内心很不舒服，就给微信上了锁。妈妈发现我锁了微信后，又质问我为什么要防着她，说还有一百多天就要高考了，我整天只知道想这些乱七八糟的东西。

我哭着说，我马上就成年了，我应该有自由，我不喜欢处处被监视，不喜欢生活在她的监视里。

我的哭诉让妈妈突然情绪崩溃。她骂我是白眼狼，说她自己牺牲这么多还不都是为了我，说我今后爱怎么着怎么着，进而把矛头指向我爸，说她也应该像我爸那样，当甩手掌柜，对我不管不问。她甚至说，我恨她，盼她早点死掉，这样我就自由了。

我难过极了。因为真相压根儿不是妈妈想的那样。我深爱并感激我的妈妈，甚至觉得她被爸爸伤害这么多年，至今还不离婚，就是为了给我一个完整的家。我开始读高三时，妈妈为了陪我，请了一年长假，两个城市来回跑（读书的地方和家不是一个城市）。但因为婚姻不幸，妈妈对我爸意见很大，她总爱发牢骚，甚至亲口对我说过"男人都是让人失望的家伙"这样的话。

这次矛盾爆发后，妈妈已经三天不和我说话了。她做完饭放在桌子上，我和她说话她也不理。这让我想起小时候，她和爸爸吵架哭闹后，甩门而去姥姥家，我一个人蜷缩在卧室里，孤独冰冷的感觉。

这三天，我反复揣摩妈妈生气说的话，觉得如果我消失了，她是不是就可以离婚，就能开始轻松的生活，而不再因为我的不争气而愤怒。

这样的暗示搞得我连学习的劲头都没有了。要知道，我成绩

不错，曾许愿要考上中国最好的政法大学。

　　娜姐，我想好好复习，考上好大学实现自己的梦想，让妈妈安心。但是，我又不知道怎么样和她好好相处，能让她相信我，开心点。

　　帮帮我，娜姐。

感谢你的信赖。

清晨起床，读完你的来信，我拉开窗帘，看到外面春光满院，天空湛蓝，再次祈祷疫情快点结束，这样，更多像你这样的孩子就能重返校园，有序勤读。

疫情阴影之下，全国 14 亿人的情绪都受到了一定的影响。何况你是一个寒窗苦读 12 年并在 2020 年参加高考的学生，还有你妈妈，一个宁肯牺牲自己，也要维持完整家庭的高三陪读家长。病毒肆虐的恐惧和不知何时才能复课的焦虑，以及今年高考是否会延迟的未知，一一叠加在一起，催化了你和妈妈间的这场冲突。

17 年前，SARS 肆虐时，我和我的同学们面临大学毕业。因为疫情蔓延，交通管制，就业选择的机会有限。那时候，我们也有过同样的情绪，但 17 年后再回首，发现将错就错，一路奋斗，反而一切都是最好的安排。看，病毒和疫情摧毁不了努力者的人生。

疫情之下，人人平等。此刻，你承受的不安和焦虑，同龄同处境的孩子都在承受。这样的安慰，希望能让你和妈妈都好过一点。然后，我们再聊聊你们之间更深层次的问题。

早恋最大的危害，不是学习成绩

你和妈妈的战争源于你和一个男生的聊天。尽管，这是因学习而发生的聊天，但在妈妈眼里，这就是早恋的苗头，必须掐掉。而在你看来，这是妈妈的控制，所以必须反抗。

寒假中，至少有10位中学生家长给我来信，谈到孩子早恋的问题，他们很恐慌，认定孩子成绩退步就是早恋惹的祸。

早恋会影响学习吗？

会。学习需要专注，但少男少女，情窦初开，心心念念全是对方，加上自控力差，沉醉其中，难免分心。

那么早恋对孩子的影响有多大？

没有父母恐惧得那么大。早恋最大的危害不是青春期的孩子陷入了爱恋，而是认定早恋就是灾难的父母在权力失控的恐惧中，用强制的方式完全站到孩子的对立面，直至成了孩子的仇人。而萌发自主意识的孩子，为了防范父母或者摆脱控制，学会采取一系列和学习无关的反侦察——撒谎、欺骗、表面一套背后一套……孩子们为此消耗的过多心力远远超过恋爱，真的耽误学习。

早恋的问题不过是一个诱因，真相是，矛盾根源是父母、孩子之间长久的不信赖。你虽然说自己没有谈恋爱的想法，但从你一系列反抗妈妈的举动，可以看出你对这个男生是有好感的。妈妈正是看见了这样的苗头，才拿出了一系列撒手锏。

妈妈做得对吗？

不对。她不信赖你，无法相信你能处理好和学习伙伴的关系，甚至因为对方是艺考生，忧虑他会拖了你的后腿。

妈妈的错是源自她内心"你考不好"的投射，而把怨气发泄到你和那个男生的联系上。她的恐惧之所以这么深，和她自身的婚姻又密不可分。

亲子关系的病因，是夫妻关系

每个特别爱控制的妈妈背后几乎都站着一个不怎么负责的爸爸。

从小就对孩子大包大揽的妈妈，几乎承担了孩子全部的抚养和教育，这种卑微、忙碌到没有自我的付出，势必让她们将孩子视为全部。

"你可是妈妈的一切啊，我这么做还不都是为了你！"《小欢喜》中，宋倩的这句台词道出了很多"中国式妈妈"的心声。

夫妻关系的不和更让妈妈在无意识中把孩子当成自己的隐形支柱，所有的喜怒哀乐都因孩子而生。爱有多深，恐惧就有多大。把孩子当成一切的妈妈，最害怕的事情就是孩子的失控。所以，她们会像宋倩那样，监视孩子的一举一动、一言一行，甚至每道题的对错，和每次成绩的名次。她们不允许自己倾尽所有的期待落空，就拼命把孩子攥在手中。但孩子——一个倔强的生命，最终都会像《小欢喜》中的英子那样，发出"我就是要摆脱你"的怒吼，也像你在这场疫情下对妈妈发出"我不要被控制"的控诉。

这样的反抗，说明你在长大。只是这样反抗的你，在对抗妈妈的过程中也应该看见这样的真相：长大的标志从来不是成功反抗了大人，而是学会对自己负责。

不想被别人掌控自己的人生，就要在自我掌控中做好自己的事情。明白这点后，我们再来谈谈爱的方法。

突围原生家庭的路，不是一味对抗

你是一个懂事的孩子，对父母之间的关系，对母亲多年的隐忍，有着细微而深切的体察。

尽管你没有做错什么，甚至是父母关系的受害者。但就像所有父母关系不好的孩子一样，你让自己表现得乖一点再乖一点，优秀一点再优秀一点，通过这种压抑的温柔和刻意的讨好，你试图用小小的身躯填补父母之间的裂痕。所以，我给你的建议如下：

（1）向妈妈展示爱，先她一步，学会成长。

和妈妈坐下来好好谈谈，把你内心最真实、最深藏的话，在这段病毒肆虐的日子里说给她听，告诉她你一直都爱她，也知道这些年她的委屈。这个方法无法马上改变妈妈长久以来的控制，但会让她在被爱里反省自己。

改变就是这样一点点开始的，我们改变了自己，一切才会慢慢变好。当你比妈妈领先一步学会表达爱，不再一味用争吵和反抗解决问题，小小的你已经超越了父母，也必然会在未来的日子里，学会爱，被深爱。

解决了这个问题，拉不拉黑那个男生的问题都不再重要。

（2）妈妈的路，是她的选择，你不要自责。

你是妈妈的孩子，即便她选择了离婚，还是有责任养你、爱你、陪读、照顾你到成年。妈妈的抱怨和委屈，是她对自己现状的不满，而不是你不够好。

你是个好姑娘，配得上更好的大学，值得拥有更好的未来。你的命运藏在你自己的探索里。

（3）最好的突围，是做好自己的事情。

你的妈妈不完美，甚至可以说有着很多问题。她对男人，对自己，有着偏激的认知，甚至会在恐慌中处理不好自己的情绪，说出过激而伤人的话。她期望你能有出息，不管这是为了满足自己的虚荣心，还是向你爸爸证明她是对的，你都要明白，好好学习，考上大学，受益的人不是妈妈，而是你自己。

放弃对妈妈的抵抗，而不是在对妈妈的一味抵触中放弃自己，一辈子重复妈妈的命运。孩子，向父母证明自己对的好方法，是你成了更好的人，而不是比他们还差。

亲爱的姑娘，这封长信的最后，很想和你分享这样一个故事：

一个穷人家的孩子，为了摆脱饥饿和无知，千里迢迢，长途跋涉去朝见智者。

他问："聪明的智者，我的父母贫困又愚昧，我的乡邻落后又穷酸，我怎么做才能改变他们？"

智者摸摸这个孩子的头说："一直往前走就好了。"

孩子不明白智者什么意思，气鼓鼓地回到家里，吃着凉馍，点着夜灯，好好读书，只为超越这个徒有其名的智者，让自己成为能回答任何问题的智者。

多年后，他学富五车，光宗耀祖，名声大噪，成为大师，为很多困顿中的人指点迷津。而他最喜欢说的一句话也是："一直往前走就好了。"

我们改变不了任何人，但我们可以鼓励自己一直往前走。走过泥泞沼泽，走过孤独深渊，走过愚昧偏见，走出原生家庭，走到柳暗花明，走到繁花盛开，走到足以强大到自己可以当内心深处那个受伤的小女孩或小男孩的妈妈。

加油！

寒门逆袭
认命的勇气和改命的毅力

娜姐：

见字如面。

我是一名高三考生，刚知道了高考成绩，570多分，比一本线只多了20来分，这是我整个高三考的最差的一次，高三所有的模拟考，我的成绩都没有低于620分。所以，我考砸了。

自查出成绩到现在，我把自己关在房间里，不敢面对父母，也不想打听同学的成绩。父母安慰我：考得还不错。他们都没有上过大学，我是家里第一个大学生（我是姐姐，弟弟在读高一），他们说已经很知足。我知道，他们是怕我想不开，故意这么说的。因为我整个高中进步很大，成绩稳定，班主任曾对我爸妈说，考"985"没问题，这让他们对我充满期待。所以，此刻，父母内心也是失望的，只是没有表现出来而已。

我想，我这个成绩，充其量只能上个一本的冷门专业，或者连一本也去不了，只能上二本。我不甘心，想复读。但我出生在贫困山区，家庭条件也不好。为供养我和弟弟读书，父亲常年外出打工，干过多种苦力，下过煤矿，去年查出肺癌，做了大手术，花了不少钱，情况也不乐观。母亲农闲时在县城打零工，同时租房照顾我和弟弟。父母年过半百，勤劳善良，总说自己没有什么本事，无法提供更好的条件给我们（写到这里我忍不住落泪）。其实我知道，他们一直在拿命给我们铺路。

所以，如果我要复读，势必还要吃一年苦，这个我是不怕的。我怕的是，万一没有考好，浪费一年时间，父母多供养一年，弟弟后年也要高考，父亲身患重病，已无法挣钱，家庭所有重担都落到母亲一个人身上，让她如何承受？

所以，我非常纠结：一会儿觉得要复读，明年考个好学校，在好的起点上才能找到好工作；一会儿又觉得，今年只要有学上，就早点上大学，早点自立，减轻父母负担。

这种矛盾，让我觉得自己很没用，甚至对人生产生怀疑，觉得自己不配活在这个世界上。

娜姐，我到底该怎么办？

抱抱。

我 1999 年参加高考，也考砸了，成绩也是整个高三最差的。我也想复读，我父母也对我说："我们俩都没有读过大学，能有你这么一个大学生，我们已经很知足，去吧，去吧，去上大学吧。"我听了父母的话，没有复读，背着行囊来到大学。

当然，由于高考失利和内心沮丧，我在迷茫和伤感中错失了很多。但如今，大学毕业 17 年，结婚 13 年，生子 10 年，辞职 1 年，我站在四十不惑的门槛上问自己：高三那年没有复读，后悔吗？

我的答案是：不后悔。

为什么？

不是因为高考成绩和大学等级无法决定一生的命运，而是，如今人到中年，被生活蹂躏，被真相打脸，看透悲欢冷暖，我终于敢大大方方地承认：对于穷孩子来说，很多时候，选择是非常有限的。这甚至谈不上委屈和悲壮，而是一种理性与客观。如果回到 18 岁，如果还是那样的境遇，那时的自己，那个分数，就算时光重来，我怕是还要做出同样的选择。因为，很多时候，对于穷孩子来说，重要的不是向左走还是向右走，而是如何走，才能让父母放心，又让自己不那么内疚。

穷孩子，要有认命的勇气

因为出身贫寒卑微，所以穷孩子都特别渴望通过读书来改变命运。因为身上背负太多期待，所以穷孩子的自我压力普遍都比较沉重。因为心理无法松弛，所以面对重大考试时，穷孩子很容易在焦虑中发挥失常。而一旦发挥失常，内心的负罪感和愧疚感又会让穷孩子在承受极限中堵死自己的后路，把自己逼上绝路。这种连锁反应是每个穷孩子都该突围的"死循环"。

走出这个循环的人，才能活得舒展，而一辈子都陷入其中的人，必将活得拧巴。所以，相比死磕到底的奋斗力，穷孩子更该拥有的是敢于认命的取舍力。

考上名校，拿到录取通知书，拥有好的履历，当然是体面好看的；但如果没有，那就接受命运的安排，让自己和家人先活下来。你高考没有考好，无缘梦想的大学，家庭困难，父亲患病，弟弟读书，母亲艰辛，这些都是已然的事实。接受这些事实，接受命运的无常，你才能看清你最怕的，并非高考的失利，而是无法用优异的成绩报答父母的希冀，这种难堪给你带来的负罪感才是你今天心理上最难过的那道关。

中国式亲子关系最大的痛和最深的爱，是两代人都感到"对不起"：父母因为贫穷和病患，觉得对不起你；你因为高考失利，也觉得对不起他们。

其实，宽容的父母和懂事的你都比想象中更爱对方。所以，姑娘，打开房门，像个大人那样，接受当下，学会承担，告诉爸妈："你们放心吧，接下来，我会好好填报志愿的。"

你做到了这一点，也会减少父母的愧疚感：家庭的困难和父亲的病患不仅没有压垮你，而且让你勇敢成长。父母不是阻挡你复读的罪人，而是推动你进步的阶梯。

因为，当你敢于认命，你才能改命。

穷孩子，要有改命的魄力

高考失利的人（特别是过往成绩不错，高考发挥失常的人）很容易陷入的一个误区是：在愁眉苦脸和郁郁不得志中，因为搞砸一场考试而否定整个人生，进而错失更多命运赏赐的机会。

姑娘，这次高考，从悲观的角度看，是你发挥失常，没有考到 620 分。但从积极的角度看，你考了 570 多分，超过了一本线 20 多分，已经超越很多人了。与其沉湎于失败的伤感里，郁郁不得志，不如向身边的老师或读过大学的亲戚朋友请教，以这样的成绩，要怎么填志愿才能上一个还不错的学校。

就算运气差，去了二本，你也不必灰心丧气。你已经成年，今后要学会对自己负责。为了改变物质和精神的贫瘠，你可以去申请助学贷款，去努力拿奖学金，去打工赚生活费，去选修自己喜欢的课程，去靠近自己喜欢的人……

当你在主动选择和奋力搏击中成为自己命运的引领者，其实无形中也成为家庭的领跑者：你不仅减轻了父母的负担，而且让弟弟通过你的亲身经历明白，一次失利不算什么，一直努力才是王道。

毕竟，穷孩子的路从来不是一蹴而就、一步到位，而是昼夜不息、迂回前进。

明白了这一点，我们才能避免成为"寒门混子"。

成不了"寒门贵子"，也不要当"寒门混子"

这些年，通过写专栏、写公众号、做咨询，我见过不少这样的穷孩子：

因为高考的失利，他们在负罪感和内疚感中胡乱填报志愿，迷迷糊糊地浪费掉三年或四年的大学时光。

大学毕业时，他们没有拿得出手的成绩，找不到像样的工作，就以考研为幌子，自欺欺人，蒙蔽父母，得过且过。其中有的人连考几年后终于考上了研究生，但由于不懂人情，不切实际，和所有人为敌，空有一张文凭，情商和能力还不及一个高中生；有的人浪费了一年或更长的时光后，最终还是以往届大学生的身份走向社会，参加工作。他们始终没有摆正心态，始终活在不接受、不喜欢的矛盾状态里，抱怨环境，辱骂他人，不断跳槽，越混越差。

这些人不是"寒门贵子"，而是"寒门混子"。

姑娘，我不希望你成为这样的人，也不希望我的读者成为这样的人。所以，我想和刚刚得知高考成绩的你和有同样处境的孩子说一些话。

这世上没有最好的选择，有的是对自己负责的选择。穷孩子面对高考，只要有学上就尽量去上，不要沉迷于高分和名校的执念里，要学会用长线思维看待高考。在人生的长河里，高考只是一个驿站，而不是终点。

我们的命运，从来不是定格在高考的荣誉或耻辱上，而是体现在我们持续的改命中。

所以，不要迷恋校园，早点看清现实，争取早点参加工作，早点独立自主。

比贫穷更可怕的，是逃避生存的真相。我们读书，我们奋斗，我们努力，是为了什么？是考到名校，拿到好文凭，给自己镀金，给家族添彩吗？

并不是。是为了生存下来，生活下去，让生命饱满。

所以，不管是现在还是将来，都不要在逃避中假装努力，而是要回到现实和生存中来，在实践中锤炼自己。好的人生，从来不是躺在名校的光环里坐享其成。而是一晃经年，我们走出了曾经的失败和泥泞，活得眉眼有情，走路带风。

家人拼尽了全力，你更要保护好自己。很多底层家庭，父母拼尽全力供养孩子考大学。兄弟姊妹多的家庭，甚至以其他孩子辍学的牺牲，换取一个孩子读书的机会。那个最后读成书的孩子，认为自己不学出个名堂来，就无法面对父母和兄弟姊妹。这种心理下，一些穷孩子一旦学业受阻，特别容易陷入沉重的负罪感，进而走向极端——这几年，这种悲剧多得是。

要记住，越是穷孩子，越要告诉自己：人生是一场长跑，留得青山在，不怕没柴烧；我们活得足够强韧，才能引领一个家庭越来越好。

姑娘，这封长信的最后，还想和你分享这么一段话：只有少数人是"寒门贵子"，我们大部分人要避免成为"寒门混子"。

关于高考，向来只有高分笑，很少人能听见低分哭。但是，我今天给你回信，想告诉你，没有经历过长夜痛哭的人，不足以谈人生。

愿你昨夜流过的泪，都变成今晨赶路的星。

愿你今日吃过的苦，都成为明日归程的灯。

加油！

长姐如母
人世间最疼的苦

娜姐：

见字如面。

我是一名 19 岁的大二女生。这次给您写信，不为自己的事情，而是为弟弟。

我有个 10 岁的弟弟，开学就要读小学五年级了。他学习成绩很糟，这次考试几乎是班级垫底。他还特别叛逆，小小年纪已离家出走过两次。网瘾非常大，总是要玩手机，打游戏、看视频、和同学斗图，就是不愿意学习。为此，我爸妈没少教育他。

父母开店做生意，因为疫情影响，也不太好，加上他们俩都是火爆的脾气，我小时候最怕的就是他们两个三句话说不完就开始吵架或打架。

我弟没少挨他们的揍，但是棍棒教育让弟弟更加叛逆。他现在经常顶撞父母，脾气也越来越不好，前两天一气之下还把家里的平板电脑摔烂了。

我印象中，弟弟小时候其实挺乖巧的，也非常聪明懂事。他自幼就和我亲近，天天在我身后"姐姐、姐姐"地喊个不停。小时候，爸妈工作忙，他跟着爷爷、奶奶长到 3 岁，都是我带他，教他认字、给他喂饭、哄他睡觉。他幼儿园和小学一年级，成绩其实还不错。后来，我备战高考，到北京读书，陪他的时间越来越少，他就变成了这样。

普通人家的孩子必须好好学习才有出路，所以每年寒暑假回来，我都会给弟弟补课，带他出去玩，给他买好吃的，把自己还有身边同学的励志故事讲给他听。我看得出来，每当我肯定他、表扬他时，他眼睛里是有光的，他也表示要好好学习。但我开学一走，家里就恢复了鸡飞狗跳的老样子：爸妈忙于生意，回家爱玩手机；爸妈吵架后，就会吼弟弟；弟弟和妈妈争吵，爸爸再去教训弟弟。这样，弟弟就回到了老路上，我之前的努力都前功尽弃了。

其实，我是很心疼弟弟的。正因为心疼他，才希望他走上正路，考上大学，超越父母，实现自己的价值。

昨天，我带弟弟看完电影回来，他拽着我的胳膊说："姐，我不想和爸妈生活在一起，要不你开学把我也带走吧。"

我当时笑着说"好啊"，其实心里超级难过。带弟弟上学，根本就不可能，我自己都还没有自立，怎么能带弟弟上大学呢？但如果我不管他，又特别担心爸妈的教育会毁了弟弟。

娜姐，弟弟的事情，麻烦您了。

爱您。

感谢信赖。

对于一个作者来说，再也没有比看到自己的读者成长得善良又美好更让人开心的事了。你这样的一个女生、一个女儿、一个姐姐，值得得到身边人的回应和肯定，就像你对弟弟那样。

这个暑假，我已收到了多封相似的来信。我给这些写信的姐姐们起了一个共同的名字，叫"姐姐妈妈"。她们是姐姐，却承担着妈妈的角色；她们比妈妈还担心弟弟或妹妹的学业和人生，但她们自己终究只是个孩子。

这样的"姐姐妈妈"，让人尊敬，又让人心疼。她们批量存在，暴露了我们家庭教育的漏洞。

长姐如母，是人世间最沉的苦

我们中国传统文化里很多关于美德的颂扬其实都有着悲剧且沉重的色彩。比如，长姐如母、长兄如父。

这些饱含着亲情和责任的词，当然有着感人的故事和深情，但也以打乱辈分的歌颂，给家中的长子长女们戴上了无形的枷锁，让被锁住的人，长期活在对原生家庭的过度牺牲里，直到累倒，被压垮，被榨干，还沦陷在"我是老大，我就应该……"的自责里。

其实，反过来想，那个当姐姐或哥哥的老大也不过是个孩子，他／她一样需要被疼爱，被看见，被帮助，被减负，被治愈。很多时候，他／她之所以当起了弟弟、妹妹精神上的监护人，是因为法定意义上的监护人——父母，严重缺席或失职。幼小的他们，才不得不学着大人的样子牵起弟弟、妹妹的小手，趔趄地往前走。

你何尝不是如此呢？

父母忙于生计，婚姻不幸，惯于争吵，脾气暴躁，缺少耐心，这或许因为他们也有着不幸的原生家庭，后来又各自成长不足，被生活的磨难放大了缺点。但为人父母，他们的问题一一投射到了你和弟弟身上。

原生家庭的问题始终困扰着你，弟弟不过是这些问题的一个缩影。他贪玩、不爱学习、叛逆、脾气暴躁、沉迷游戏，在你父母身上，其实都能找到影子。

你知道，超越原生家庭的路，是做更好的自己，但年纪尚幼的弟弟还不明白这个道理，所以就通过搞砸自己的学习，报复爸妈对他的教养不当。但本质上，你们姐弟俩又是同样的——都是原生家庭的受害者，所以才抱团取暖。

刚刚成年的你，用自己柔嫩的肩膀给弟弟撑起一个小小的温暖的角落。但是，弟弟的问题无法仅仅靠你一个人的努力得到解决，因为病根在父母那里。

所谓孩子叛逆，其实是父母从不反思自己

父母希望孩子好，这话是真的。父母怎么做才是真的对孩子好，这是需要有方法和智慧的。

生活中，不少父母并不懂教育，也没有耐心，在孩子很小的时候，没有给予足够的照料和陪伴，等孩子养成了一堆问题，他们又急吼吼地斥责："你怎么这样，你怎么那样。"为把孩子改造成自己期待的模样，父母就开始控制，用嫌恶、辱骂、殴打去管教。这诸多的管制，会把孩子一步步推向叛逆——生命的本能是做自己。

受到过多管制的孩子，会以扭曲的叛逆故意站到父母的对立面，找回自我的掌控感。沉迷游戏、顶撞父母、离家出走，都是孩子为了摆脱父母的控制而采取的病态的防御。所以，心理学上有句话："一味控制你的孩子，你不是失去一个优秀的孩子，而是得到一个有问题的孩子。"

弟弟小时候因为有你的庇护，没有成绩的压力，父母不怎么管他，还能相对健康地成长。后来，你学业繁忙，离家读书，弟弟失去庇护，冲突的父母带来的黑暗能量都传递到弟弟身上，幼小的他就在指责、辱骂和孤独中，因得不到爱的正向能量，而渐渐走到处处和父母对着干的路上。

所以，弟弟的问题不在你身上，根源在父母那里。父母不改变，依然我行我素，依然恶语相向，依然不反思、不成长，依然不放弃自大傲慢，给弟弟一点温暖一点光，那么他们失去的不仅

是一个本性良善的孩子，还有安稳的后半生：弟弟幼年时，他们这样对他；待他们年老时，不排除弟弟这样对他们。

孝顺是中华民族的美德，但自幼就没有种植善因的人，其实也很难得到善果。所以，我还想再向你分享两点建议。

不要独自承受，要学会向身边人求救

生活中，家庭中的长姐或长兄，不管是读了书，有本事的，还是辍了学的，都有一个共通的问题：以老大自居，肩上的责任太重，以致在大包大揽中肉身太沉，灵魂太痛。所以，家庭的老大要学会向身边人求助，学会给自己减负，学会在放手中经营好自己的人生，做好手头的事情。

你们的姐弟情深让人感动，但是姑娘，你还是一个孩子，你还有未竟的学业，你首要的任务是搞好今天的学习，让明天活得更有出息。只有你站得高、走得稳、活得好，弟弟才能从你身上看到榜样的力量，你才有能力为弟弟提供帮助。所以，带弟弟上学是不现实的想法。但有两点，你现在就可以努力去做。

第一，开诚布公地和父母谈谈，勇敢地指出他们的错误。

姑娘，从你两次给我写信的内容看，你是一个善良顺从，甚至有点软弱的人。对于一个 19 岁的女孩来说，软弱没有什么——我 19 岁时还没有你好。但这种软弱最大的问题是，过去 19 年，父母用错误的方式教养你，你从不反抗，只会默默流泪，独自承受。你凭着隐忍和努力考上重点大学，这让父母觉得，他们的理念和教育都没有错，所以继续用相同的手段对待你弟弟。结果，性格刚烈的弟弟却走向了和你截然不同的路。

趁着暑假还没结束，趁着尚能挽回，好好和父母谈谈，指出他们的错误，告诉他们曾经带给你的创伤，把娜姐写的这篇文章给他们看，让他们明白如果他们再不醒悟改变，将有着怎样糟糕且动荡的晚年。

第二，告诉弟弟，8 年的逆反和 8 年的努力，区别在哪里。

弟弟 10 岁了，如果他不辍学的话，再有 8 年就将参加高考。照他目前的状况，很可能沦为混子，将来买房、结婚、生娃都要看父母的脸色，一辈子都难逃父母的控制和嫌弃。如果他也像你一样，在长大和苦读中明白和父母对抗算什么本事，有本事超越父母，读他们没有读过的大学，去他们管不了的地方，过自己能够选择的人生，这才是真的厉害，那么他好好学习，慢慢追赶，还有机会长成美好的少年。

同时，如果可以，你在保证自己学业的情况下多和弟弟的老师们沟通，请他们多给他一些肯定和鼓励，让他在更多善意中爱上学习，找到自己。这样，即便弟弟不如你优秀，也能感受到周围人的爱和接纳，不会走上歪路，而是活得朴素得体。

亲爱的姑娘，这封长信的最后，还想对你说，长久以来，你做得已经够好、够多、够棒。

愿今后，优秀如你，善良如你，聪慧如你，是一条奔涌不停的小溪。在一路蜿蜒中，向着大海的方向奔去，才能在辽阔的海域里和更多的小溪相遇，拥抱蔚蓝的天空，梦游斑斓的海底。

　　加油。

父母婚姻
不当他们的说客

娜姐：

展信好。

犹豫很久，还是决定给您写信。

我来自小镇，是一名大二的学生，曾经最大的梦想就是凭借自己的努力，去改变家庭的现状，如今，面对父母一地鸡毛的婚姻，我力不从心，甚至痛不欲生。

我父母结婚 20 年，我妈当初嫁给我爸，是外公、外婆一手做主。妈妈长得好看，有自己偷偷喜欢的对象，但外公、外婆觉得我爸老实，还在工厂有份正式工作。妈妈一开始就不喜欢爸爸。所以，我妹出生一年后，有个外地人来我们镇上做生意，我妈就和人家好了，甚至抛下刚断奶的我妹，跟人私奔。外婆非常气愤，跑到外地把我妈抓了回来。听外婆说，即便如此，我爸硬是没有打骂我妈一次，只说了句"既往不咎，改了就好"。

事实证明，被偏爱的人总是有恃无恐。我上初中时，我爸的工厂倒闭。为了供养我们姐弟三人读书，我爸只好去广州打工，并凭借手艺找到了一份收入不错的工作。我妈在家和奶奶一起照顾我们时竟然和小镇上另一个男人好上了，更让我们一家人颜面扫地的是，那个男人也是大家族里的人。那一年，我14岁，已经对男女之事有所了解，真是羞得有个地缝都想钻进去。这件事，我们全家人都知道，唯有在外务工的我爸蒙在鼓里。奶奶的意思是，我、妹妹和弟弟都还小，这个家不能散，不能告诉我爸。

两年前，我考上大学去了外地，妹妹考上高中住校，弟弟也读了初中，我们都很自立，学习也好，我妈就外出打工了。打工时，她又认识了现在这个男人，然后把原来老家的那个男人甩了。现在这个男人快60岁了，和老婆离婚，儿子都娶媳妇了，要什么没什么，妈妈却认定他是世界上最好的男人。

我们放暑假后，我爸休假回来，我妈也回来了。我爸无意中发现了那个男人给我妈买的戒指。我妈也不避讳，把自己和那个男人的事一五一十地全都告诉了我爸。她甚至当着我爸的面说，他们之间早已没有了感情，我爸要么就这么忍着她，要么就离婚。听完我妈狠心与决绝的话，我爸一个大男人，坐在那儿无助地哭。

实话实说，那一刻，我对我妈的嚣张和无情充满了恨。我依然记得初中时，我爸就出去打工，舍不得吃舍不得穿，一个月只留500元的生活费，把所有工资都寄回来给我妈，让我妈吃穿，供我们读书。即便如此，我妈依然嫌弃我爸，觉得他没本事，觉得他哪儿都不顺眼。我忍住怒火和我妈沟通，我妈坚决不认为自己有错，然后第二天又离家出走打工去了。我给她打电话发微信，她没听我说完就挂断了电话。

目前，我爸还在家里，沉默着、痛苦着。平心而论，我是支持父母离婚的。但看到我爸舍不得我妈，不愿放手，我又心疼我爸。

娜姐，我到底该怎么办？因为父母的事，我已经失眠好几天。我妹妹和弟弟都还在读书，如果父母离婚会不会影响到他们？我要如何做，才能挽救我们这个家？

急盼收到您的回信，希望听到您的建议。

谢谢你的来信。

在别人家的女儿考上大学后，被父母牵肠挂肚又小心翼翼地守护时，同样是在读大学的你，却要因父母的婚姻恐慌不安、彻夜难眠。同样是孩子，同样是女儿，你承受了太多这个年纪不该承受的压力和焦虑。

换个角度看，正是父母一地鸡毛的婚姻，让你有机会很早就洞悉人性明暗，了解情爱悲欢，明白修为轻重。前提是，你如何透过这一地鸡毛看见父母各自的伤口和局限。

妈妈的任性和叛逆

妈妈不是一个体面的女人，也不是一个合格的妈妈，因为她心里始终住着一个叛逆的小女孩。

妈妈用大半辈子的所谓洒脱，一直在表达着对父母的反抗，对婚姻的不满，对自由的向往。说白了，妈妈的出轨，除了因为夫妻感情不和、长期分居的寂寞，更大程度上，是她通过对这桩一开始就是错的婚姻的反抗，来控诉原生家庭和亲生父母对她的控制和伤害。只是，始终长不大的她在这种反抗中不知不觉毁了自己的一生。

我说这些，没有为妈妈辩护的意思，只是期待作为女儿的你能看见，她破罐子破摔和从不避嫌的任性背后藏着怎样从未治愈的伤痛。这种伤痛，本质上是一个女人从未满足的自我和她背负的身份责任的战争。

从妻子和母亲的身份来讲，妈妈的行为的确是可耻的，是应该被唾骂的；但从一个人的人性来讲，她的行为又是忠于内心的。这 20 年，不管是哪次出轨，妈妈都没有躲闪和隐藏，也没有粉饰和撒谎，爱了就是爱了，不爱就是不爱。她对爸爸所有的嫌弃并不因爸爸不够努力不够好，而是她压根儿不爱他。就像亦舒说的，一个人不爱另一个人时，他做什么都是错，就连呼吸也是错的。

但不爱，请不要伤害。一个结婚 20 年、有 3 个孩子的女人，如果一直停留在小女孩的阶段，一直和早已脱离的原生家庭对抗，一直把自己的不幸当作伤人的借口，一直活在任性叛逆的不着调里，那么，她再真实再勇敢，也是个自私到愚蠢的混蛋。因为，她为了内心的小孩，践踏着生下的小孩；她为了自私的爱情，伤害着伴侣的感情。

然而伤害爸爸的妈妈，之所以一副"我出轨，我有理"的样子，其实和爸爸也有很大关系。

爸爸的长情和懦弱

　　勤劳而节俭的爸爸，是一个长情的人。他的长情，体现在明明知道妈妈不爱他，但依然爱着妈妈；也体现在，明明确认妈妈一次次出轨，但还是不放手；更体现在，任凭妈妈怎么羞辱他、伤害他，他都不愿离开她。

　　和妈妈极度放飞自我的自私不同，爸爸一直活在成全别人的忍辱负重里：为了成全家庭的圆满，他一次次选择隐忍；为了成全妻子的放纵，他一次次选择原谅；为了成全孩子的前程，他一辈子都在省吃俭用。

　　太自私是一种病，太善良也是一种病。婚姻之中，往往每个太善良的人身边，大都有一个极其自私的人；每个脾气太好的人身边，大都有一个脾气暴躁的人；每个一味宽容的人身边，大都有一个变本加厉的人……

　　那个过分好的人，就像宿主之于血吸虫，什么事都忍着，什么苦都憋着，什么难都扛着，用没有原则的宽容和懦弱供养着那个飞扬跋扈、强势冷漠的人，而忘记了真正健康的关系，是该发声的时候要大声反击，该争吵的时候要有力辩护，该惩戒的时候要果断出手，该离开的时候要勇敢放手。因为，没有边界就没有尊严可谈，就没有幸福可言。当一个老好人好到连自己的感受和尊严都不敢维护时，别人也不会把他放在心上。这是人性的凉薄，也是自爱的深意。

　　其实，某种程度上，正因为爸爸无底线的纵容，妈妈这些年才这么有恃无恐。不难想象的是，如果在你妈妈第一次私奔时，你爸爸就强有力地反击，离婚或剥夺她的财政大权，受到惩戒的你妈妈未必敢这么猖狂。

所以你爸爸是可怜的，但绝不是可敬的。因为当他像个鸵鸟一样把头埋在沙子里，假装什么也看不见时，他的孩子们的内心迟早要遭受一场又一场暴风雨的袭击。

你的执念和放下

姑娘，你对妈妈任性的恨、对爸爸艰难的爱，都是一个孩子最朴素、最珍贵的情感。

需要看见的是，在这样的情感里，也有你的执念。比如，总想改造妈妈，使她改邪归正，总想告诉她回头是岸，总想让她回到爸爸身边，甚至在对爸爸的同情中，不自觉地开始控制妈妈……父母 20 年的婚姻，爸爸 20 年的宽容，都没有能改变妈妈，你想要感化她，概率几乎为零。

每个人的改变都来自自己——要么在伤害中觉醒，要么在经历中觉悟，要么在岁月中成长。不强行改变别人，不过度干预别人，哪怕他们是父母，这是一种难得的自持，也是一种理性的善良。这是每个家庭不幸的孩子最该看见的第一点。

放下对你妈妈的执念吧！她是决定离婚，还是继续这样，都是她的选择。也放下对爸爸的执念吧！理解他的不易，但不要替他决定；看见他的局限，但不要苛责他的懦弱；告诉他你已长大，

他怎么选择你都爱他。

　　你唯有放下对父母的执念，以更理性、更成熟的心态，审视他们的伤口和局限，才能走出原生家庭的牢笼，而不是像你妈妈对抗外公、外婆那样，一生动荡不安，也不会像你爸爸纵容你妈妈那样，一生卑躬屈膝。

　　接纳父母，不是认可他们的作为，而是看见他们的问题和局限，然后避免自己重蹈覆辙。这是每个家庭不幸的孩子都该践行的第二点。

　　至于父母离婚会不会影响你的妹妹和弟弟，我想，这么多年，父母陪伴你们的日子都不多，但你们姐弟三人依然能这么懂事，这么爱学习，那么他们两个人到底是离婚，还是继续凑合在一起，对你们姐弟三人并无实质性的影响。作为家中长女，你最应该做的，是放弃对父母的抵抗，搞好自己的学业，用自己的言行引领弟弟、妹妹，带领他们看见家庭之外还有更可爱的人，还有更广阔的天地。

　　亲爱的姑娘，很想和你分享这样一段话：让别人的归别人，让父母的归父母，让家庭的归家庭，你拼命要抓住的，是上天赐予你的那很小很小的一部分。

　　用全部的坚持和专注，所有的柔情和慈悲，给那部分填满结实的内核，涂满五彩的光色。这是你唯一要做的重要的事。

　　加油！

恋爱创伤
门外没有别人，只有我们自己

娜姐：

　　大学时已关注您的公众号，现在我已参加工作。但有段噩梦般的经历至今都不敢和人提起，也无法面对，想和您说说。

　　因为父母管得严，不允许谈恋爱，大学前，我没有谈过男友。大学后，有个初中同学追求我，当时他已参加工作。他每天都和我电话视频，我被他的执着打动。

　　他工作的地方和我读书的大学不在同一座城市，他偶尔来学校看我。交往3个月后，我们就开始吵架。现在记不清什么原因，只记得都不是什么大事。我提出分手，他苦苦哀求，最终没分成。

　　他周末要上班，有时让我坐高铁去找他。我去找他时，他会表现得很体贴，带我出去玩，做饭给我吃，说尽关心的话。但有一点，他要求和我发生关系。我不同意，可能是保守，也可能是害怕，总之因为这个问题，我们吵了架。回到学校后，我再次和他提出分手，他不同意，就来学校找我，说要把话当面说清楚。

我想着好聚好散，就同意了。结果他见面就以割腕威胁我，还发了自残的照片。我吓蒙了，但仍坚持分手。见这个没用后，他就要挟我，说要把我们的事和我爸妈说（我曾告诉他，我爸妈不允许我谈恋爱），抓住我的死穴威胁我。然后，他说他辞了工作，来到我们学校旁租住一个月，和我好好相处，如果我还想分手，他就放弃。我又同意了（现在想来，我真的很傻）。

这一个月里的某天，他在我喝的水里下了药，然后趁我昏迷不醒，给我拍了多张只穿内裤的裸照。在我醒后，他威胁我，如果我不继续和他好，他就把这些照片发给我的 100 个熟人。他还说，凭什么他这么爱我，我却始终不愿和他发生关系，还说凭什么将来别的男人可以得到我，他却不能。

那一刻我真的崩溃了。我彻底明白他是个魔鬼。我从出租屋里跑出来后，坚决提出分手，他果然把照片发给了我多个老师和同学。最后，他还把我的照片发到了我爸妈的手机上，说如果我不和他和好，他就把照片打印出来，贴到我们小区。

那段时间我真的抑郁了，觉得自己干了天下最丢人的事，想死的心都有了，不敢回家，不能上课，感觉全世界所有人都在看着我。

爸爸、妈妈知道后，臭骂了我一顿，也安慰我说不要怕，让我回家。他还每天给我妈妈打电话，骚扰我妈妈。这种情况，持续了一年多。我和我的家人始终没有报警，主要是害怕他用极端的方式伤害我（他知道我住在哪里）。

我采取的方式就是不管他说多难听的话，通过什么方式联系我，我都不再回他。后来，他渐渐不再威胁我，可能是有了别的对象，不清楚具体原因。

但整件事对我们一家影响非常大，到现在我们全家都回避着这件事。我现在已工作，却不敢谈恋爱，不敢接触任何男生。

给你写信回忆当时的一幕幕，我浑身还打哆嗦。其实我也很想忘掉这件事，或者勇敢到接受它已发生，但我做不到。

我也很想像别的女生那样，遇见优质男生时，大胆地去爱（不论长相还是工作，我都不算差），但我感觉已丧失爱的能力。

抱抱。

能够想象得到你为了自救，为了变好，冲破极大的心理障碍，怀着前所未有的勇气，将自己再次置身那段黑暗恐怖的岁月里，给我写这封信。一想到这一点，我就觉得你是个了不起的孩子。这绝对不是安慰你。

就这段经历来说，没有恋爱经验和危机常识的你，不自觉地做对了此类事件中最关键的两点：保全自己，适时认怂。

认怂，就是懦弱吗？

中国犯罪心理画像第一人——李玫瑾老师，谈到过恋爱关系里极具危险性的一种人格——边缘型人格。

这种人，好的时候对你特别好，痴情、执着、浪漫，想方设法地逗你开心；但如果你不听他的，和他分手，他就会变得特别坏，尾随、跟踪、恐吓，甚至谋杀。他在两种边界之间不停转换，用极致的好迷惑你，让你放松警惕，觉得他不是坏人；又用偏执的坏伤害你、攻击你，如果你激怒了他，很容易酿成悲剧。

如果不小心遇到了边缘型人格的恋人该怎么办？

李玫瑾老师给出的意见是，在紧急情况下，一定要认怂。

你的前男友就是边缘型人格的人。这种人格的人，在亲密关系里极具破坏性。他用两面派的"好"和"坏"控制你，让你在"复合"和"分手"间来回摇摆，直到他用裸照威胁你和你的家人，你才彻底放弃对他的幻想。这种情况下，年少胆小也不懂求救的你，还是做对了两件事：

第一，认怂，没有激化他做出更过激的事情。

第二，不自贱，他再怎么威胁你，你都没有和他发生关系，没有在这个臭泥坑里继续沉沦，让事情更糟糕。

在他不间断骚扰的一年多里，你没有报警，可能会遭某些人的嘲讽，我却想对你说：理解你。因为，报警后，他受到轻微惩戒，却把你推向危险中央，他背上违法记录，他的恶被激发放大，不排除他会报复你。你选择和他不再正面冲突，但你妈妈替你接受他的攻击，等于给他一个缓解的渠道。渐渐地，他的心态和情感发生改变，也放弃了伤害。

报警求救，固然是我们遭遇危险时最该做的一件事，但综合国内外此类案件，三十六计，走一直是上计。这么做，看似不够气派，但能保全性命。这不是不相信法律，而是我们不因一时逞强和大意，用唯一珍贵的生命去死磕变态狂的不要命。

那么，这起事件中，你和家人有没有做错的地方呢？

答案是：有。

排斥，孩子就能安全吗？

就在接到你的来信时，我也收到了另一个姑娘的来信。

她也是刚读大学。之前父母对她管得很严，她妈妈甚至跟她说："男人没有一个好东西。"所以，她对男性陌生又好奇，根本不知道什么是良人，什么是渣人。她在网上打游戏时，认识了一个男的。那个男人是发廊的理发师，长得很好看，还会说动听的话。见了两面后，男人就连哄带骗地和她发生了性关系。这样的关系持续两个月后，女孩发现自己感染了性病，需要治疗。她找那个男朋友，对方甩手不管，还说是她自己胡搞染的病。她觉得自己要死了，却不敢告诉父母。我咨询妇科专家朋友后，给她回了信，她才知道，这种病能治愈，也不要命，只要保护好自己，很快就能康复。

之所以和你讲这个女孩子的故事，是因为你们有着相同的父母：逃避给孩子灌输正确的恋爱观和两性观的父母。

这样的父母，打着保护孩子的旗号，把恋爱当作洪水猛兽，甚至为了达到目的，不惜丑化异性，让孩子心生畏惧，而不是通过观点到言行引导孩子怎么识人，怎么去爱，怎么面对意外和风险。结果，孩子一旦脱离他们的掌控，很容易成为他们最不愿看到的样子。父母对爱和性有多排斥，孩子就可能为爱和性多受伤。当父母给孩子灌输错误的两性观时，某种程度上等于把孩子推向坏人，坏人就是看准了那些成年却没成人的孩子内心的匮乏。由于父母的打击和逃避，孩子在偷偷恋爱后，遭遇身体和情感的创伤，不敢第一时间向父母求助，在孤立无援中被继续伤害，甚至走向邪路。

所幸的是你父母知道真相后，第一时间接纳了你。但直到今天，他们也没有以有效的举措完全接受和保护你，而是用逃避和掩饰加重了你的负罪感和羞耻感。

其实，他们应该做的是告诉你：你之所以遭受那样的创伤，他们也有不可推卸的责任；今后，如果有人想伤害你，你要第一时间告诉他们，他们会永远和你站在一起去面对，去解决。

如果你没有等到他们这些话，那就每天对自己说一遍：这不是我一个人的错。

你只有得到了释放和接纳，才能在宽宥自己中向前走去。

受伤，就无权再爱了吗？

每个人的一生，不管是工作还是情感，都不可能不犯错，都不可能永远顺遂。从某种程度上来说，犯错，就是成长的阶梯；问题，就藏着觉醒的天眼。

由于家教和见识所限，你像很多普通的女孩一样，因为胆小懦弱和盲信盲从，怀着对恋爱的憧憬和人性的乐观，犯过一些错误。但是你看，你的错，不少同龄人也犯过。不少人甚至没有你处理得好，被伤害身体，甚至丢掉性命。这些糟糕的过往，虽然让我们受伤、受辱、受损，但更让我们学会分辨人性的丑恶、恋爱的实际。

　　老天之所以把伤害降至最低，及时将你从那段噩梦中解救出来，是因为你值得拥有更好的人生，并提醒你：爱情中，最稀罕的，不是浪漫，不是诺言，不是性爱，不是金钱，而是微末小事和漫长岁月里的厚德、长情。

　　好的爱情，是美好的。前提是，遇见它之前，我们能自重、自爱，而后才能爱人。

　　姑娘，当你在某个恬静的午后，牵手一个温厚长情的男子，历经一段静好的爱情，在充分的爱和被爱中获得滋养和成长，再回首看这段过往，你会发现，不知不觉中你已摆脱噩梦。

　　相信岁月能治愈一切，你也要不辜负岁月，要在日夜赶路中变得自信而勇敢。

　　亲爱的姑娘，最后，我愿意送给你这样一段话：门外没有别人，只有我们自己。

　　所以，打开门，走出去，勇敢爱，就像没有受过伤那样。

　　加油！

卑微的爱
因为爱而变好

娜姐：

你好。

关注许久，今日提笔给你写信，是遇到了情感和学业上的很多问题，觉得自己焦虑得就要疯掉。

我是一名在读的医学硕士研究生，学校是北大。我有个男友，他是清华的博士后，今年马上就要出站了。我焦虑的原因有二：

第一，我感觉研究生三年，学到的东西并不多，我对自己没有信心，未来工作怎么样，是继续读博还是找份工作，这些都不是我能掌控的。我的家人、朋友和亲戚提起我都非常自豪，觉得我在名校读书，其实只有我自己知道我内心有多焦虑。这种迷茫而消极的心态让我陷入自我怀疑的怪圈，有时甚至自暴自弃，觉得自己就是废物一个。

第二，我男朋友非常优秀。他拿到了清华最难拿的特等奖学金，而且博士后出站后有望留在清华。我替他高兴，但又觉得自己和他相比差距太大。尽管，他非常爱我，我们也打算在不久的将来就领证结婚，但我觉得自己配不上他。

更令我苦恼的是，一个偶然的机会，我发现男友的前女友也非常优秀，硕士期间就发表了几篇权威论文，博士也是在清华读的。这种无形中的比较让我感觉自己处处不如人。

我曾和男友袒露自己的心声。他支持我继续读博，让我不要有思想上的包袱，说他会是我永远的后盾。他越这么说，我越觉得自己拖了他的后腿。

如今，我整天陷入愧疚中无法自拔，觉得对不起老师，对不起男友，对不起父母。

娜姐，未曾相见，知道您起点不高，但一直在努力摆脱过去的自己。所以这一刻，想到您，期待得到您的点拨。

非常感谢，希望早日收到回信。

感谢来信。

知道读者中有北大的研究生，我感到非常开心，进而想到自己今后要读更多好书，写更多好文，这样才不负优秀而美好的你们。

你学历比我高，学校比我好，我并没有因此自卑，也不觉得没有资格给你回这封信，而是觉得自己要更好、更棒，才配得上继续给你们写文。

我想，这种思维的不同，正是你焦虑的病因、和周遭对抗的症结、最需要面对的问题。

困在贫穷思维里的你

畅销书《富爸爸，穷爸爸》的作者罗伯特·T.清崎说，很多人之所以一辈子都挣扎在迷茫和困惑里，是因为他们深陷贫穷思维中无法自拔。

贫穷思维和出身、学历、身价无关。有些看似出身名门、学历辉煌、身价千万的人，因为一生无法跳出贫穷思维，最终都家道中落、光环落地、千金散去。

贫穷思维的口头禅就是"我不行""我没用""我做不到"。这些由自我暗示到自我结论的思维定式，会让一个人不战而败，终生在自卑和否定中活成人见人烦的倒霉蛋。

因为，当你一遍遍说出"我付不起""我不可以""我没有时间"时，这证明的并非"你没有钱""你做不到""你很忙"，恰恰是你在逃避困难。像个缩头乌龟一样逃避困难的人，是无法调动资源、创造条件，去抵达这样一种思维高地的："我怎么才能付得起""我如何才能做到""我怎么抽空搞定这个麻烦"。

富有思维和贫穷思维的区别就在于：前者用疑问句打开所有可能，穿越恐惧和未知，来到开阔之地，哪怕最后没有成功，历经挑战挫折的你，也不再是原来的自己；而后者用陈述句结束一切尝试，封闭在认命和原地，在患得患失和牢骚委屈中，生生错过有利条件，白白浪费人生机遇，直至抱憾终生，郁郁老去。

罗伯特·T. 清崎说，相比努力致富，安于贫穷其实是一种贪婪到极致的懒惰。因为，你想要有钱，就必须要行动起来，去改变，去努力，去付出牺牲，去让自己和家人过上富足的好日子，而你甘做穷人，只需要说一句"我不行"就行了。

这句话，同样适用于优秀之人和堕落之辈。

你想要变优秀，就要去马不停蹄地奋斗，就要去开疆拓土地征战，就要熬别人不能熬的夜，起别人无法起的早，就要在别人看八卦时，安静地读书思考；而你想要堕落，只需要一句"对不起，我没用"就能终结自己，然后在自责和愧疚的良心债中，一辈子都陷入"我不配"的低端认知里。

如今，占尽良缘和天机的你，就困在这贫穷思维里，正用"我是废物"的定论惩罚并放弃自己。

挣脱贫穷思维，来到开阔之地

你在北大读硕，有那么多优秀的老师和同学可以同行；你的男友爱你，承诺和你结婚，督促你更优秀，承诺你做什么他都支持你；你的亲朋以你为荣，逢人就赞美你肯定你，把你看作家族的荣光。

坐拥这些很多人都无法拥有的天时地利，你想到的不是"我怎么努力才可以更优秀""我如何成长才不负深情的爱人""我怎样变得更好让父母心安"，而是"我内心焦虑""我配不上他""我不如他前女友优秀""我就是一个废物"，这着实让人替你感到惋惜。

这种深切自卑导致的惯性悲观，和你的原生家庭及成长经历有着密不可分的关系。但如今，来到中国最高学府的你，是时候也应该像毛毛虫那样，一点点从这沉重且消极的贫穷思维里挣脱出来，变成蝴蝶挥动翅膀，和相爱的人齐飞，与美好的花共舞。

要怎么才能做到这一点？

（1）不再摇摆，积极行动。

想得太多，做得太少，是年轻人的通病。对于你来说，如果有条件读博，那就积极去准备。这样，你留在北京好一点的医院，和爱人比翼双飞的可能性会大一些。如果条件不允许，那就放下架子，在北京先找份工作，从一点一滴干起，在工作中学习精进，把每件事做到极致，也是了不起的人。

你无法掌控将来是读博还是工作，但你可以掌控的是，无论你做什么，只要目标明确，行动有效，在全神贯注中完成一件件小事，就能在获得感和喜悦感中更加自信乐观。而当你成为一个明媚的人，不管你从事什么职业，你身边的人都会愿意靠近你，被你吸引，你的亲朋也会认同你，为你骄傲。

你知道，很多时候，不是别人的期待让我们感到压力，而是我们弄丢了自己后对他人产生强烈抗拒。那些做好自己的人，之所以敢于面对任何审视，是因为他们问心无愧。

(2) 看见优势，让爱值得。

一个人最大的幸运，莫过于和优秀者同行。你有一个优秀的男友，他很爱你，愿意给你一个明确的未来。这说明什么？

第一，他这么优秀的人，都能被你吸引，愿意和你同行，说明你有着他前女友无法拥有的优点和魅力。看见自己的珍贵，好好珍惜这场缘分。不要在疑神疑鬼和自暴自弃中，失去原本看好你、深爱你的男友。

第二，男友在学术上的优势，在精神上的鼓励，都是你往前走时很好的财富。好好调动并把握这些资源，让它们为你所用，助你成为更优秀的自己。而不是在妒忌和自卑中，把一切有利条件都扭曲成伤心回忆。

亲爱的姑娘，自卑是拥有自知之明者卑微柔软的善良，但也是奋勇向前者必须挣脱的枷锁。作为北大研究生，你一路走来不易，前途漫漫未知，所以，更要内心果敢，勇于行动，用一步一个脚印的踏实，挣脱贫穷思维，来到开阔之地，牵起爱人之手，不负北大之名。

最后，我想把泰戈尔《飞鸟集》中的一句诗送给你：

"可能"问"不可能"："你住在什么地方呢？"

它回答道："在那无能为力者的梦境里。"

姑娘，去当一个创造无限可能且有所作为的人，在行动中打败自卑偷懒的自己，把梦境中的期待变成可拥抱的未来。

加油！

不对等的爱
原来是一个人的独角戏

娜姐：

　　见字如面。

　　2014年毕业前夕，我在网上认识了一位老乡，他在 A 市工作，聊了一些无关紧要的话，觉得很投机。毕业后，我去 A 市找朋友玩，去的路上告诉了他，他说来接我，我同意了。他接上我，然后把我直接送到朋友那里就走了。第一次见他，感觉他很成熟，我问他多大，他让我猜，我说 30 岁，他说差不多。我离开 A 市前又见了他两次，回去后我们在网上联系频繁。

　　后来，因为工作的原因，我又一次去 A 市，再次和他见面。他到宾馆见我，我们晚上共处一室，他很绅士，什么也没发生。这让我对他更有好感。我回去后，我们继续聊天。我觉得自己喜欢上了他，他也说喜欢我。我们就这样一直联系着，但他从来不表明以后怎样，只是偶尔见见面，这样交往了两年多。

　　2017 年，我因工作去了 B 市，和 A 市相距比较远。走的时候他把我送到车站，说实话我很不舍得，难过得哭了，因为这个城市有他，但还是在他的鼓励下去了 B 市。来到 B 市第一年，联系更频繁了，甚至双休日都会去找他见面。有一次他带我去一个小区房子里住，说是朋友的房子，我也没考虑太多，但发现房子里有小孩照片，后来碰到他妈妈来拿东西。我怀疑是他的房子，他后来承认，并说自己已有两个孩子，离异，当时已 40 岁，还给我看了他的离婚证。这让我错愕不已。我一直以为他单身，难以接受，但因为很爱他，不愿放手。

2018 年，他工作调动，越来越忙，平时不怎么聊天了，见面很少，争吵很多。有次我发现他和别的女人聊天很暧昧，我当时很生气，骂他脚踏两只船。他却说逢场作戏，有时会让那女人帮他照顾孩子，仅此而已。因为这事我们闹僵，我心里很难过，去他住的小区找他，被他拦在楼下，说了很多互相伤害的话。我感觉天都要塌下来了，第一次体会到什么是失恋。后来，他说了道歉的话，我再次原谅他，一直维持到现在。

如今，他工作越来越忙，不再主动见我，都是我去见他，而每次见他都有不高兴的事情发生，我都是生气地回来。

我清楚地知道，自己爱得很卑微，曾几次把他拉黑，因为舍不得，又把他添加回来。

如今，我们联系得越来越少，他的理由是节假日要陪孩子，无法抽出更多时间陪我。最令我难以接受的是，我们交往这五年多，他从来没有把我介绍给他的亲戚朋友。我曾提出要见他的孩子，他不同意。我这个要求很过分吗？还是他一直想维护自己好爸爸的形象？

　　顺便提一下，他在 A 市也称得上是有头有脸的人。他至今都没有给我一个承诺，我却把 5 年的青春都给了他。

　　娜姐，我这段感情要如何收场？我隐隐约约觉得很可能会不欢而散，但心里又觉得特别不甘。

谢谢信赖。

面对同一句话，同一件事，在不同的年龄会有不一样的认知。这是岁月的馈赠，也是阅历的沉淀。

比如，24 岁的你和 40 岁的他。

你不是无畏，而是无知

如果没有足够的情商，小姑娘最好不要和年长你很多的人谈恋爱。这并不是说他有多坏，而是说你和他之间横亘着太多看不见的岁月和情爱。

你在网上认识一个男人，就因为他是你的老乡，你去他生活的城市时，就让他去车站接你——看似你很胆大，幸好他也不是歹人，但仅凭这一点，就让他看轻了你：太年轻，太容易相信人。

你这种年轻草率的无知在随后的交往中更加暴露无遗：和他频繁联系，在不了解他婚姻状况的前提下就说喜欢他，轻易留一个男士在宾馆和你过夜，去见他随便住到他找的房子里……

当然，你可能会反驳：我这么做，是因为我信赖他，对他毫无提防。

但男人并不这么想，一个走过情爱路，蹚过婚姻河，还在婚姻中栽过跟头的男人，更不会这么想。他只会觉得，你对待感情太随意，对人事太不了解，然后默默地在心底给你打了低分。

一个太无知的女孩子，男人是没有征服欲，也很少愿意珍惜的。这是人性共通的幽暗处：你对我这么随意，和别人相处也很随便吧。

所以，姑娘，你这段感情在开始之时，就注定了以悲剧收场。网上相识没有错，但相识后你的幼稚，让四十不惑的男人压根儿就没想和你有结果。

不信，看看他下面的一系列行为就懂了。

他不是没承诺，而是不爱你

在我看来，年长的男人的最大魅力和最大问题，都可以用一个词概括：收放自如。

这是生活给他们的自信和教训，也是阅历给他们的底气和退路。所以，当你像没有见过光的飞蛾向镜子里的那团火一头扑过去时，发现他总是一副寡淡从容的样子：你去 B 市工作，和他分别时哭得稀里哗啦，他却宽厚地说，"去吧，去吧"；你发现他离婚有娃，惊讶得说不出话，他却拿出离婚证给你看，"我真是单身"；你发现他和别的女人暧昧，绝望得要死要活，他却淡淡地来一句"逢场作戏，不必当真"；甚至，你因为他骗你、负你，觉得天大委屈，去他住的小区找他时，也被他一把拦下，并第一次对你说了难听的话。

为什么？仅仅因你的情绪化吗？

非也。而是第一次，你让他感觉到了被控制。你要介入他的人生，你要限制他的自由，你要以妻子的角色干涉他的私生活。不管他有没有说出口，他心里都对你说了这么一句：凭什么？

是的，姑娘，直到他对你说了难听的话，你才明白：这些年的情感，其实都是你一个人的爱恋；他是你感情里的唯一，而你不过是他多个"好妹妹"中的一个。

所以，在他家楼下，他对你放狠话时，你才痛彻心扉地说：我第一次失恋了。

其实，你不是失恋了，而是终于看清了他压根儿就没有真的爱过你，而不争气的你还是舍不得离去。承认这一点，就懂了他为什么只让你活在阴影里。

他不是让你活在阴影里，而是没把你纳入规划里

当一个男人说"忙，没时间"时，就代表他准备撤离了。

历经上述种种后，40多岁的他再次确信：你们之间隔着太多山河和人生，你不是好女友和好妻子的最佳人选。你可以理解为这是他的诡计，也可以理解为这是人性的趋利。

那场激烈争吵后，他道了歉，你选择了原谅，但你们对彼此

都已丧失了耐心。不管他是调动工作也好，是真的陪孩子也好，简而言之，他已经不愿抽出时间陪你。所以，即便你主动去见他，你们之间再也没有美好可言。或者说，他以故意制造事端的方式逼你主动放手。

他为什么自始至终都不愿带你见他的亲朋？除了你看到的表面原因，还有深层意味：他是个有头有脸的人，你们这段年龄悬殊、没有结果的关系一旦被更多人熟知，毁掉的不仅有他的形象，还有你的余生。这是自保，也是保护。至于你多次提出要见他的孩子，他勃然大怒，不过是他一眼就看穿了，逞强的你在和帮他照顾孩子的那个女人争风吃醋。

是的，姑娘，他不是不让你见他的亲朋孩子，而是没有把你规划入他的生活圈子。接受这一点，有助于你尽快从这段情感里走出来。

你不是无法忘记他，而是要给自己时间

关于情爱和离别，姑娘们最容易陷入的误区是：快点忘记他，快点走出来。

和一个人交往 5 年，想用 5 天的时间去忘记，这可能吗？情感的生长和灭亡，犹如这世间的花草树木，非一日艳丽挺拔，也非一夜萧瑟凋零。你的这段爱情，自始至终都是你在主动，你在进攻，你在乞爱，你一个人的独角戏。不知不觉入戏的是你，如今慢慢从角色里走出来的也只能是你。建议你：

第一，给自己时间，慢慢放手。

允许自己还会反复，还会想他，但更要告诉自己，他已放弃了你。然后，忙碌起来，做好手头的工作，过好自己的生活。

记住：忘记有些人需要一阵子，忘记有些人需要一辈子。不管是一阵子还是一辈子，我们都要边努力忘记边做好自己。

第二，害人之心不可有，防人之心不可无。

你长这么大，读这么多书，找到了一份工作，虽然身陷情感困惑，但依然是爸妈好不容易养大的孩子，也是唯一珍贵的自己。虽然，这世上还是好人多，但今后面对感情，希望你能多些自持和自重。

我们只有自尊，别人才会善待我们。这不是因果和报应，而是磁场和逻辑。

因为，关于爱情，最美底色，始终是自爱。

加油！

压抑自我
会愤怒才会救赎

娜姐：

见字如面。

敲下这几个字，感觉好神奇，我从小到大好像没有给谁写过信，您是第一个呢。

我出生在小城市，1岁时，爸爸出了工伤事故，不在了。身边人都说，我要懂事，不然妈妈就要走了。我5岁时，被妈妈带着改嫁。第一个继父脾气暴躁，喝醉酒爱打人，不知道妈妈为什么看上他。

我10岁那年，他性侵了我，还威胁我不能告诉别人。我身体很不舒服，最终还是告诉了妈妈，妈妈挣扎了好久，和他离了婚。这件事，除了妈妈，至今都没有人知道。我现在仍然记得离婚那天，他还把妈妈打了一顿，妈妈是头上带着伤牵着我的手离开他的。我14岁时，妈妈又改嫁了。第二个继父是个脾气很好的人，对我也好，对妈妈也好，虽然只开家小店，但人真的挺善良的。

他不能生育，就把我当亲生闺女看待，还供养我读了大学。

我读大三时，妈妈得了乳腺癌。真是个不幸的消息啊。妈妈非常恐惧，常常半夜醒来大哭。虽然做了手术，继父也尽心尽力照顾她，但病情发展得太快，我大学毕业后一年，妈妈也走了。

哎呀，我都不愿和人说这些往事，总怕听到的人太悲伤。说点开心的事吧。

2017 年，我大学毕业，因为相貌端正、性格不错、成绩优秀，考上了公务员，也算上天眷顾。

但是，我的个人情感一直都很糟糕。我和大学时喜欢的男孩子在工作后异地，他出轨，最终分手。或许，我也有很多地方做得不好。工作后，我有过三段情感经历，最后，他们都像初恋那样离我而去了。

我不是随便的女孩子，对他们每一个都非常好。其中一个男孩子，家庭条件不好，我把每个月一半的工资省出来贴补他。但他还是陷入了网贷陷阱，欠下了 10 多万元的外债。我没有能力帮他了，就在今年劳动节前他也和我分手了。

我已经失眠很久，就去看了医生，被确诊为抑郁症。

其实，我在同事还有同学们眼里，都是乐观开朗的人。大学同学说，我是班级群里最阳光明媚的那个人。就连我的领导也说我是科室最有正能量的年轻人（嘻嘻嘻，这不是自夸，是真的呢）。

继父是我现在唯一的亲人，他没有什么文化，我也不好事事都和他讲。但我想，我会好好待他的，就像对亲生父亲那样。

　　娜姐，你觉得我的病会好起来吗？还有，我能找到属于自己的爱情吗？

　　相比你平常回复的那些紧急的信件，我这封是不是不重要呢？如果你不回复，我也能理解。

　　爱你。

感谢信赖。

我很想钻进信件里，握着你的手，盯着你的眼睛，问你：亲爱的姑娘，你为什么不会愤怒呢？

你为什么不愤怒，意外夺走了你的生父？你为什么不愤怒，第一任继父侵害了你的身体和心灵？你为什么不愤怒，你刚刚成年就没有了最爱的母亲？你为什么不愤怒，自己全心全意去对那些男友，他们却一个个离开了你？

你不仅不愤怒，还故意用轻松的口气讲出这些不幸而疼痛的过往，试图用轻描淡写的乐观去粉饰那些至今影响你的哀伤，只为让听到的人不那么悲伤。

你处处都隐藏自己的感受，用虚假的自己去迎合他人，在乖巧和讨喜中维持和平的做法，让人心疼。

这也是你最重的病。

比不幸更不幸的，是一味美化不幸

这些年，不管是影视剧，还是公众号，都在谈"原生家庭之伤"。

原生家庭之伤到底是什么？是被我们藏进潜意识里的一个潘

多拉的盒子；是小时候，为了活下去，不敢向大人表达内心悲痛、羞耻和恐慌的我们，在日复一日的掩饰中，最终活成分裂、痛苦和患病的自己的过程；是承受生活重负和情感变故的父母，在不知不觉中传递给我们的消极信念，让我们成人后，还错误地认为，自己的存在是一种错误；是幼年时不被看见的情感，在成年后化身成加倍的情感债务，让我们在一次次刻骨铭心的偿还中，体会到的绝望和疼痛。

而成长，就是长大的我们重访童年，勇敢站起来，打开那个潘多拉的盒子，以今日的自己，把过往的自己解救出来，大声告诉他："我来救你了，今后，你只管做真实的自己。"

你自幼在家庭变故中辗转流浪。尽管，这一路的成长，你遇到的父辈有坏人也有好人，有的罪恶有的良善，但父母关系的动荡，还有亲生父母的离世，都给你的内心带来了极大的恐慌和伤害。

承认这一点，承认自己是不幸的，承认这一连串的伤害让你忧伤，承认大人有罪或无意的行为让你崩溃，承认自己不是被上苍眷顾的孩子，承认自己从来不欢迎不感谢苦难……

亲爱的姑娘，承认历史，承认伤害，承认怨恨，不逃避过去，不粉饰父母，不在强权和孝道的压制下，对自我的委屈感到羞耻。然后，打开那个锁进潜意识里的潘多拉的盒子，在重访中一次次拥抱幼年的自己。

这是你要直面的第一步，也是所有走出原生家庭之伤的孩子，要过的第一关。

比失控更可怕的，是一味压抑情绪

一个人，如果能够诚实，就会发现这个秘密：我们的情绪，是无法控制或被克服的。即便它在短时间内被成功地遏制了，随后它依然会以另一种形式爆发。

因为，当它不能被看见，被释放，被合理地表达，它就会像高压锅里的水那样咕嘟咕嘟冒个不停，直至把自己耗尽，或把锅盖掀翻。

对一个孩子来说，如果自幼他的情绪总被忽视：父亲不在了，他不是被安慰和共情，而是被教育"你要懂事啊，不然你妈就不要你了"；如果是女孩被继父性侵了，她不是被保护和关爱，而是被呵斥"如果你敢告诉别人，你就会被赶到大街上"；母亲也走了，他不是被善待和体谅，而是被攻击"我欺负你，你也不敢反抗，因为这世上再也没有你的亲人"……那么，久而久之，他就会活在他人的目光和自我欺骗里，用一个从不发脾气、特别正能量的自己迎合他人和环境，只为让自己看起来乖巧，不被身边人抛弃。

这种习惯性的讨好最可怕之处，是会让这个孩子在别人的肯定里上瘾地踏上一条自以为正确的压抑之路。

你在同学群里为逗大家开心说的那些明媚的话，在办公室里为讨领导和同事欢心做的那些看似大度的牺牲，在亲密关系里为留住那些不合格男友一次次退让的底线……这一切的一切，都有你让虚假的自己把正能量的人设留在阳光里，而真实的自己退缩在阴影处无助哭泣的表演。只是，从人群中隐退后，那些藏匿在表演后的真实情绪依然会从魔瓶里钻出来，化身为张牙舞爪的怪物。它们不能攻击那些伤害你的人，势必就要攻击你自己。而抑郁症，某种程度上就是善良者的自我攻击。

但是，亲爱的姑娘，你有大声说"不"的权利，有讨厌不喜欢的人的权利，有在男孩子剥削你时让他离开的权利，有同学说风凉话时远离他的权利，有领导安排不属于你的工作时提出质疑的权利……

你只有使用了与生俱来的上述权利，你才能真正爱自己。

比不爱更疼痛的，是在痛苦中依赖

亲密关系的问题都能在原生家庭的亲子关系里找到雏形。因为我们幼年在亲子关系里匮乏的东西，总渴望能在亲密关系中弥补，这种心愿和能量会吸引某种特质的人不断靠近我们。

你自幼丧父，遇到善良的那个继父时已经 14 岁，进入青春期。虽然他善待了你，但终究错过了你太多成长。亲生父亲的早逝、第一任继父的兽性，让你对男性充满恐惧。对爱情的渴望，对家庭的向往，又让你特别期待稳固的两性关系。所以，恐惧中依赖，依赖中卑微，卑微中疼痛，疼痛中更加没有安全感，是你在婚恋中重复且痛苦的体验。

这也是那些靠近你的男孩子在你付出很多后离开你的症结：他们知道你缺爱，所以投你所好；他们又怕你依赖，所以选择逃跑。而一再失败的恋爱又让你陷入消极的自我暗示："都是我的错，都是我不好。"一个把什么错都揽到自己身上的女孩子，很容易在过度反思中被男人 PUA（在人际关系中，利用话术、心理技巧控制别人）。因为，无法自处的她早用低自尊 PUA 了自己。

亲爱的姑娘，前 20 多年的伤痛不是你所能左右的，你是受害者，也没有做错什么。第一次恋爱失败也没什么大不了的，很多人都没有和初恋终成眷属，后来都遇见了自己的幸福。年轻时遇见三五个的经历也实属正常，好多优秀的姑娘都是经历了遇人不淑后终获成长。

疼痛和深刻，也不是爱情的真相。爱情的真相，是当我们不再在害怕失去中恐慌，对的那个人才会在来的路上。

比爱情更好的归宿，是我们真实的灵魂

鉴于上面的分析，我想给你下面这些建议：

第一，今后，不管面对谁，都请真实地表达自己。

你可以流泪，可以愤怒，可以哭泣，甚至可以崩溃；当然，你也可以真实地大笑，无畏地张扬，明媚地过活。因为，你已成年，无畏也无惧。

第二，不怕，配合医生，坚持治疗下去。

很多人有心理疾病，很多人有抑郁倾向。不要怕，就像不逃避自己的童年那样不逃避自己的病患，配合医生和积极治疗，你强了，病就好了。

第三，去爱，就像没有伤，就像父母健全那样。

你相貌不差，工作稳定，心地善良，即便失去了亲生父母，你还有无怨无悔爱你的养父。血缘不是唯一的爱，真诚的灵魂才是。所以，今后，不管和谁谈恋爱，都自信一些，果敢一些。你的气场足了，爱的磁场就强了，更容易遇见良人。

亲爱的姑娘，这封长信的最后，我很想对你说：你是个好姑娘，你值得收到回信，并从这人生中的第一封信中读出这样的真相——将心呈现出来，它将拯救你；如若不然，它将摧毁你。

这世上多少人，都告诉那些遭遇苦难的人们，你要坚强。但我靠近你，只期待你找回与生俱来的模样。因为，唯有你承认自己有权利不必坚强，才能找到那双隐形的翅膀，学会飞翔。

加油！

被遗弃的孩子
你有不原谅的权利

娜姐：

您好。见字如面。

常读您的文章，虽然不是每篇都和您持有相同观点，但时常从中得到启发和治愈，所以今天很想和您谈谈我自己。

我成长在一个温暖幸福的大家庭，有两个哥哥，我是家里唯一的女孩，爸妈最疼的一直是我。这绝对不是因给您写信而刻意晒幸福，这是我此刻内心最真实的感受。如今，27 岁的我已结婚，还是被爸妈和兄长当孩子看待。我的老家虽在乡镇，也不富裕，但两个哥哥和父母对我的各种小宠溺让我一想起来都忍不住嘴角上扬。

需要坦白的是，爸妈不是我的亲生父母，这是我长大后才知道的。小时候一直以为自己是幸福的小公主，个性张扬，内心柔软，见风就长，压根儿就不知道自己和别人不一样。我考上大学后，爸妈才吞吞吐吐和我说了实情，说我不是他们亲生的。我的亲生父母离我们家也不遥远，还是我们的一个远房亲戚，我们两家每年都有来往，只是我一直把他们当爸妈的朋友看待。

亲生父母的家庭条件比我们家好。他们在市里住，都有正式工作，家里还有两个姐姐。当年，计划生育管得严，亲生父母一心想要个儿子，冒险生下我后却没有如愿，怕丢了饭碗，就把我送给了爸妈。

很多人知道自己不是爸妈亲生的后，会比较难以接受。哈哈哈……我不是这样。这可能是因为我天生就是个乐天派。虽然，我在农村长大，但父母真的把我当成掌上明珠。他们为人正派，吃苦耐劳，供养我读书。在他们的支持下，我才一路苦读，考上了大学。所以，不是爸妈亲生的这件事对我没有什么太大影响。但在我知道这件事后，亲生父母强行介入我的生活，却给我造成了极大困扰。

我考上大学后，亲生父母给了我 1 万块钱，我不愿要，但爸妈的意思是先接着，我接过来转手给了爸妈。结果，那年过年，亲生父母就带我去了他们老家，让我以他们家三闺女的身份见了我从来不认识的七大姑八大姨。当时，我觉得别扭极了，心里也很反感，但想着当年送走我，他们也是迫不得已，就没和他们计较。

自那以后，亲生父母总是以我父母自居，尽管我从没称呼过他们爸妈，但他们俨然把自己当成养我长大的爹娘，很多事都要干预。甚至在我大学毕业后，他们四处给我张罗工作和对象，让我留在他们身边。也就是从那时起，我对他们产生了严重的抵触心理。因为，我爸妈从来不干涉我，找什么样的对象，嫁什么样的人家，做什么样的工作，爸妈在简单过问后，都会支持并尊重我的选择。

为了摆脱亲生父母的控制，我去了另外一座城市工作，在那里遇见了爱我的老公。我结婚时也没有通知他们，只是让我爸妈来参加。我不觉得爸妈是农民就丢人。相反，在婚礼现场，我当着所有人的面说：爸妈就是我最亲最爱的人。

我的这个举动激怒了亲生父母，他们马上翻脸，这两三年再也不和我联系。我不怕，我有自己稳定的工作，我觉得这样挺好的。倒是亲生父母家的两个姐姐有时会和我联系，言语间透露出我不理解亲生父母的意思。我身边要好的亲朋也有意无意地暗示我，应该体谅亲生父母。有时，我老公也会说，我这样将来会留遗憾。

娜姐，我最大的梦想就是当个幸福的平凡人，有爱我的爸妈，有宠我的哥哥，有疼我的老公，还有自己最爱的小孩。现如今就因为亲生父母的事，搞得好像是我做了什么天大的错事。

娜姐，我有没有权利拒绝亲生父母的干预？我可不可以不和他们走得太近？我这么做是绝情还是正确？

感谢你的信赖。

读着你清爽流畅、爱憎分明的文字，我心头有一阵阵暖流在涌动。感谢你的爸妈，是他们用全心全意的爱和温柔，把你培育成亭亭玉立、无畏无惧的丫头。

虽然，他们只是农民，你家也不富有，你也并非他们亲生，但在他们看来，你就是他们最挚爱的骨肉。

血脉和真爱，哪个更重要？

爱是骗不了人的——这是我读你的信时最深的感受。

你是个被爱滋养的孩子，所以你懂得爱是什么。你不自觉地用"我爸妈"和"亲生父母"这样不同的词将你爱的人和你排斥的人区分开来。你在提及养你的爸妈时，笔调轻盈，行文流畅，仿佛小鱼在水中畅游；你写到你的亲生父母时，言辞呆滞，用词凝重，仿佛小鸟被关入牢笼。

正是这种鲜明的对比，让人一目了然，也让人看见爱和被爱：爱不是痛苦的，而是美好的，温暖的；爱不是压抑的，而是灵动的，舒展的。我们到底是在爱一个人，还是在控制一个人，那个人的状态早已揭示了一切。

你的爸妈并不富有，却从来没有因为你流着和他们不一样的血而排斥你、伤害你、虐待你。相反，善良淳朴的他们，把你当天使来宠爱，把你看得比两个哥哥都重要，两个哥哥也没有因此妒忌你。有这么好的一家人，才有今天乐观进取、清爽舒展的你。

更令我感动的是，你考上大学后，爸妈告诉你身世这件事。他们为何选择在这个时间告诉你？我想，没有文化却有见地的他们，知道你已成年，有权利知道真相，有能力选择归属，所以养育你18年的他们选择坦诚相待。这一点恰好证明，他们是天底下最善良的好父母。按常理你考上大学，毕业可期，有能耐了，会挣钱了，回报他们的时候到了，他们捂着不说才对。他们没有这么做，是因为他们爱你胜过爱自己。

与此相比，你的亲生父母就差远了。

当年，因为时代政策，因为传宗执念，因为体制困境，他们遗弃了你。如果说，这还情有可原的话，你考上大学后，他们不和你商量，不与你沟通，不尊重你的想法和意见，所做的一系列行为（从带你认亲，到替你规划人生），都只能让人得出这样的结论：27年前，他们嫌弃你是个女孩，所以遗弃你；27年后，他们把你当作玩偶，任意处置你。他们对你做的一切，从来不是为了弥补自己的过错。他们只是想把你当成听话的木偶，打扮得光鲜亮丽，借此让外人放弃对他们当年行为的指责。

血脉和真爱，哪个更重要？

电影《如父如子》中这句台词，或许早已给了我们回答：钱有能买到的东西，也有买不到的东西。你想要用钱买孩子吗？没有输过的人还真是不懂别人啊。

你的亲生父母是要输的。因为，他们买不了你这样的孩子。

物质和尊严，哪个更值钱？

不爱虚荣的女孩子，不好骗——这是我读你的信的第二个感受。

你生活在农村，父母务农，童年粗粝。但父母深爱和家教家风，让你非常看重自我的尊严和感受，而不是受到物质的诱惑和裹挟。这对于一个女孩子来说，非常非常重要。

有不少出身贫穷的女孩子，因小时候不被珍爱，长大后经不起诱惑，走上自伤自贱甚至出卖肉身换取虚荣的不归路。你不是这样的。你不为亲生父母的钱财和条件所动，更不会拿自己的尊严和自由去兑换他们给你规划的人生。当他们用血缘当砝码，对你的人生指手画脚时，你最终选择说"不"。

姑娘，干得漂亮。愿你余生始终保持这样的清醒，不因一时的贪便宜和走捷径，向一点蝇头小利屈服，在低自尊中活得拧巴又分裂。好姑娘，就是不贪小便宜。因为，她们比谁都清楚，很多命运馈赠的礼物暗中都标好了价钱。

你看，你一旦摆脱亲生父母的收买和控制，他们就恼羞成怒，不再和你来往。这恰好证明了他们的为人：以前，他们接近你，是想通过弥补你让他们自己好过；后来，他们舍弃你，是你的反抗让他们觉得操纵你无效；他们自始至终，都把你当成粉饰他们明明自私却假装高贵的内心的工具。

绑架和自我，哪个更值得？

一个被遗弃的女孩，面对亲生父母的相认，有没有说不的权利？

我的答案是：有。

曾经，我负责的情感专栏有个 70 多岁的阿姨来，想通过我给她早年遗弃的女儿捎话。30 多年前，她遗弃了那个女儿，之后许多年她都没有过问。后来，这个女孩考上了公务员。她膝下的儿女都不孝顺，她想和这个女孩相认。

这个女孩我认识，这阿姨不知道怎么知道了，就找我帮忙。我不愿帮，她就找我当时的领导给我施压。无奈，我只好告诉了那个女孩。

"我不想原谅她。"女孩告诉我，"我现在很好，有父母，有爱人，我不想生活中忽然多出这么一个人。"

我把这话告诉那个阿姨后，她在我办公室当场就捶胸顿足，指责道："我又没说让她给我养老，她怎么这么狠心，见都不见我一面。"

那一刻，我瞬间就懂了：有些人是不会变的。

一些人素来喜欢道德绑架，素来擅长和稀泥："他们毕竟是你的亲生父母啊""他们给了你生命啊""他们也不容易啊""他们已经老了，你还年轻啊，和他们计较个啥啊"。

姑娘，不要被这些言论裹挟。

关于对亲生父母的态度，我的想法是：你跟着自己的心，勇敢地往前走。

你不愿意和他们来往，就不要听信别人，让原本舒展的自己为了满足道德绑架，讨好周围舆论，活得分裂而委屈。如果有一天，你走到了岁月深处，看透了人间悲欢，愿意和解拥抱，然后原谅他们，主动联系他们，那是你的慈悲，也是他们的福气。在此之前，你可以继续做这样的自己：善良、努力、积极、有趣，爱爸妈、爱兄长、爱伴侣，更爱自己。

如此，甚好。

亲情冲突
我是你的孩子，不是你的面子

娜姐：

我是从小镇走出的"90后"孩子，高考时以全校第三名的成绩考上北大。一路披荆斩棘，读完本科，又读了研究生，其间几多迷茫，最终在一线城市站稳脚跟，收获了爱情，即将步入婚姻。但在原生家庭的问题上，我还是有些问题没有掰扯清楚，甚至越来越抵抗，所以给您写信，希望得到指点。

我父亲是家中的老大，在小镇开了一家五金店。为供养我和弟弟读书，他不敢冒险，怕有意外，始终都守着小店过活。我大叔、小叔去外地闯荡后，挣了不少钱，后又回乡创业，算是小镇上最有钱的两家人，只是他们的孩子都早早辍学。和大叔、小叔相比自觉没有本事的父亲，就把希望寄托在我和弟弟身上，把我们的成绩看得特别重，甚至到了苛刻的地步，多次说："你们必须给我考上重点大学，否则我在你大叔、小叔面前抬不起头！"为了让老师重视我们，他在我们初中、高中老师那里都说尽好话，道尽感谢。后来，我如愿考上了北大，成为整个家族里学历最高的孩子，研究生毕业后到央企工作，但我弟就非常反感我爸的情感勒索，也很叛逆，最终只考上了大专。

我多少理解父亲的苦心，只是现在也越来越受不了他的虚伪。逢年过节回家，老家人情往来，他都把我搬出来给他壮面子，说他如何如何教育我，说我今天的工作如何如何厉害，甚至说我还没有结婚的男朋友家世如何如何。

说实话，我挺烦这一套的。一方面，觉得父亲太虚荣了；另一方面，觉得父亲这样也无形中给我很多压力，不停伤害我。

比如，前段时间，父亲想在市里买房，我和男朋友也刚买房，所以手里的钱并不多，就东拼西凑给父亲凑了 10 万元。父亲当时也没有说什么，但转身就在亲戚面前说，他在市里买房的 55 万元全款都是我出的，这点钱对我根本不算什么。

我姨家的表妹正好也要买房，钱不够就找我借，我实话实说，真没有钱。我姨和表妹都不信："不借算了！你爸说你年薪 100 多万元呢，还缺这一点？"

我憋屈又气愤："我上班三年，如今年薪满打满算也就 30 万元，哪儿来 100 万元？"我质问我爸，他支支吾吾地说，就是不想被人看扁。

总之，诸如此类的小事让我心情糟糕，我对我爸也越来越缺乏耐心。

娜姐，说心里话，我爱我爸，也知道他爱着我们。

但我要怎么去理解他的言行，不再受他的远程影响，和他完成心理上的和解？毕竟，他这一生其实也挺不容易。

感谢信赖。感谢自你中学时，我们就以文相识。

因为种种原因，我和不少"80后""90后"谈过心，也发现我们这代人和父母抗争时最纠结的一个点就是：来自小地方但扎根大城市的我们，一直在试图向父母表达"我是你的孩子，不是你的面子"；留在故土，始终没能走出乡土的父辈，却一直在努力给我们强化"你是我的孩子，更是我的全部"。

在对抗和冲突中，两代人都很憋屈：孩子愤怒于父母的情感绑架，父母心凉于孩子的无情无义。于是，就有了这些年一桩桩吵得沸沸扬扬的名校毕业生事件。那些来自寒门的贵子，和你一样，踩着父辈的肩头，以全省、全市佼佼者的成绩，成为人中龙凤，到名校读书，甚至走出国门，漂泊他乡，学有建树。最终，他们竟然以忘恩负义的"失联"，拒绝和父母再发生任何交集，哪怕父母年迈，双亲病危。

这些事件都是极端案例，因披着名校的外衣，制造出轰动效应。但这些极端个案里，诉说着困扰寒门贵子的集体困惑：如何不做父母的面子，还当父母的孩子，又能活出自己的样子？

"50后""60后"的创伤，"80后""90后"的迷茫

年龄越大，我越不去强迫任何人去原谅，包括原谅父母。但我希望我们都能透过问题看见真相。

我们这代人的父母，多出生于20世纪50年代、60年代、70年代初。粗粝艰辛的童年，诸多的苦难和恐慌投射到我们的父辈身上，构成了一代人的集体创伤。所以，我们的父辈是活得拧巴苦涩的一代人。他们有着强烈的家国情怀和服从意识，但他们很可能又有着荒诞的面子情结和攀比心理。艰苦的年代里，无法左右个人命运的他们必须戴着面具，隐藏自我，随大流、合大群，才能吃饱饭活下去，才能不被当作异类，被排挤、受欺侮，但他们"自我"的部分一直被压抑，从未得到舒展。

人性天生渴望肯定的本能，让他们在结婚生子后，把压抑的那部分自我，以控制和绑架的方式投射到他们的孩子身上："你必须出类拔萃。你必须高人一等。你必须给我长脸。你必须光耀门楣。"

只是，当父母以"必须"的口吻对孩子说出期许时，他表达的已不是对孩子的希望，而是对自己的补偿。你的父亲也不例外。

他身为长子，一生困在小小的五金店里，想去外面折腾，又怕自己的鲁莽给你和弟弟带来动荡，所以就按部就班地生活在小镇上；他没有文化，但期待你们学有所成；他没有出过远门，但期待你们能去看世界；他在两个弟弟面前抬不起头来，所以只有把出息的你当王牌……

他当然是个好面子、慕虚荣、爱控制的父亲，有着一代父母共同的短见和愚昧，但他也在自己的认知王国里，尽一切努力给你们打拼下了能够打拼的江山：他给你们提供了安稳平和的家庭，所以你们才能安心读书，而不是像两个叔叔的孩子那样早早辍学；他卑微地巴结所有对你们的学业有帮助的人，所以你们才在一路关注中考上了大学。而从某种程度上来说，教育本来就是家校联手，父亲也没做错什么。哪怕他以满嘴跑火车的吹牛，说出息的你帮他在市里全款买了房，但其实悄悄垫付全款的是他自己。

你由此看见他的虚伪，我由此看见的却是他的苦涩……

亲爱的姑娘，我说这些，绝对不是说你要纵容父亲继续胡闹下去，而是期待你看见父亲这一波波操作背后隐藏着一代人压抑的自我，还有这种扭曲下的集体匮乏。

把儿女当成面子的父母，从未活出自己的富足

如何分辨我们身边的人？什么样的人因自己活得不幸而爱控制他人？什么样的人因自己活得舒展而会接纳他人？

一句话就够了，那就是"你必须给我……"。爱说这句话的人，本质上内心枯萎空洞，所以需要通过外在条件来确认自己的价值。

非常不幸的是，从艰苦年代走来的我们的父辈，很多都是这样的人。他们一生不被善待，活得卑微又局限，所以特别爱通过盖高楼或拼儿女实现自己在人前的扬眉吐气。明明生活在乡镇，

明明家里人不多，他们也要花几十万元盖房子，或者到城里买房子；明明心里清楚孩子们在外打拼不易，到手里的钱也没有多少，在人前炫耀时，却总是故作轻松、夸大其词。

为什么会这样？因为他们一辈子都在为房子和孩子忙活，从来没有机会做自己，从来没有时间活成自己。没有自我的人，都爱活在隐瞒和谎言里，通过美化和幻想来维护外在的表象。

生活在小镇的你的爸爸也是这样的人。他不惜以歪曲事实的方式，维护你特别能干的形象，借此来让自己的脸面有光，那是因为他自己的人生没有什么可圈可点的地方。他终日在方寸之地的五金店里和水龙头、螺丝刀、门把手打交道，直到你已经参加工作，你弟弟也读了大专，他还没有办法关了门店，过自己的那种悠闲退休生活。又或者即便你们的孝心和帮衬足以让他把门店关掉，但没什么文化，跟不上时代，正逐渐老去的他，也因在自己的小地方固守太久，不知道如何适应这个崭新的世界。

他这一生，已经没有机会活成自己的里子，所以才拼命抓住你这个面子；他这一生，已无法实现个人的价值，所以才把自己的自尊心建立在你的事业和爱情的圆满上。

如何直面这个问题，还要回到我们自身。

不必为父母的所有感受负责是所有"寒门贵子"的功课

任何一个扎根城市的孩子都要看见这样一个真相：来到城里的孩子和留守故土的父母已经分属于两个环境。我们无法把自己的认知和准则在父母的环境中推行，也不可能拽着父母强行适应我们的环境。

那么，来到新环境的我们为什么对旧环境中的父母这么在意呢？

因为孝道。几千年来的孝道文化已经根深蒂固地深入我们的思想，让我们不由自主地觉得，自己必须对父母的感受和行为负责。特别是走出寒门的贵子，更是在撑起一个家庭的荣光中自觉要担负一个家庭的未来。

这是不对的。就像父母把人生的梦想强行加到我们身上一样，当我们觉得必须为父母的一切负责时，我们也在用没有边界的包揽重复父母的过错：每个人都是独立的个体，每个人都要对自己的感受和行为负责，父母和孩子是有血缘关系的人，但也是平行的两代人。认识并做到这一点并不容易，所以我还想再和你复盘一下这三个认知：

第一，过好自己的人生。我们活成了自己的里子，才不会像父辈那样用控制和绑架去伤害我们的孩子。

第二，学会和父母沟通。逃避、指责、玩失踪，最终只会让两代人遗憾终生。告诉父亲，你理解他受过的苦、承受的压力、害怕在人前出丑的难堪、期待儿女给自己长脸的渴望；也要果断告诉父亲，他给你造成的困扰，让你承受的压力，给你带来的痛苦。

在小镇上过活的父亲一直都爱你，只是认知的局限让他不自觉在伤害你。就像你小时候他给你时间长大一样，你也要多些耐心陪他一边老去一边改变自己。

　　第三，学会捍卫边界。即便父亲没有改变自己，还是我行我素，你也要记得我们没有责任和义务承担父母虚荣心的来源，也可以不对他们所有的感受负责。所以捍卫自己的边界，不被他们的言行绑架，要从我们这代人开始，学会剥离责任，学会看透问题，学会自我负责，不再活得扭曲又焦灼。

　　亲爱的姑娘，这封长信的最后，很想和你分享这样一段话：
　　我们会越来越好吗？
　　会的。
　　因为我们这代人，站在父辈的肩头，走过愚昧的高山，乘上独行的扁舟，抵达辽阔的彼岸，在茫茫人海中，终于学会了拥抱自我。

母女战争
读懂那个一身毛病的女人

娜姐：

见字如面。

因为我亲妈的问题，我天天处于崩溃的边缘。尽管一直以来我妈都很强势，爱控制我，但矛盾聚焦点是在我结婚生子后的这两年。

我和我老公是大学同学，两个人一路走到今天，风风雨雨、坎坎坷坷，很不容易。我来自小城，是平凡人家。老公来自农村，家里条件比较差。我选择他，是认定他是可以牵手一生的人。但我妈内心瞧不起我老公。她认为我找了一个穷男人，这辈子都不会幸福。

我读研期间怀孕，当时因为还没有买房，坐月子要住到婆婆家。我让我妈也一起住在婆婆家来照顾我。本以为她的到来会让我坐月子比较安心，谁知道地雷就在那时埋下。我婆婆要来房间抱孩子，我妈嫌弃人家手凉，不让抱，气得我婆婆甩门而出；我婆婆将孩子竖着抱，我妈说孩子太小，这样抱很危险；我婆婆和我妈顶了嘴，我妈竟然和我婆婆打了起来。我的坐月子就这样在亲妈和婆婆的互殴中一地鸡毛。

后来，我找到工作，租了房子搬出去住，我妈继续给我带孩子。然后，她就变着法地针对我老公。

我老公属于慢热型的男人，他不善言辞，嘴比较笨，我妈对他各种嫌弃，从出身穷、没本事、挣钱少，到不会说话、不会穿衣、不懂人情。我老公任何一个无心的举动在我妈看来都是针对她，搞得我老公现在一看见我妈，表情就开始不自然。但不管怎样，他都没有和我妈有过正面冲突，因为他说，老人是来帮我们的，也不容易。

我妈并不体会我老公的好心，反而变本加厉。元旦这天，就因为一件很小的事情，我妈逮着我老公劈头盖脸地骂了一个多小时，从她一开始就反对我们结婚，说到我坐月子婆婆和她作对，然后又说到今天，她如何为我们付出。她越说越激动，我老公抱着头坐在那儿，都被她说哭了。我实在看不下去，说了我妈几句，也遭到我妈恶狠狠的一顿臭骂。

说真心话，自从我妈来到我家，我和老公的关系也跌至冰点，就差离婚了。我老公天天处于担惊受怕的地步，一再迁就我妈，整个人都非常不开心。我推开家门，就怕看到我妈摆着一张脸，仿佛天下人都对不起她。

我妈曾亲口说，因为我嫁了这样一个人，才给她带来无尽的痛苦，我过得如何不幸福。其实，我心里清楚，她根本就不在乎我的幸福，她在乎的只是我们所有人都按照她的意思来。

我之所以忍她，除了因为她是我妈，在帮我带孩子，还有一点就是她也可怜：我妈从小就被外公、外婆嫌弃，至今和兄弟姊妹都搞不好关系。但是这也不能成为她一再伤害我的理由啊。

元旦那次事件后，我妈好几天摆着一张不开心的脸。为哄她开心，我买了一束花，让老公送给我妈。老公照做了。我妈收到花后，心情明显好很多。只是谁知道哪天我们哪一点做得不好，她马上又会翻脸。

娜姐，按理说，女儿不该吐槽自己的妈妈，但是我真是觉得我妈有问题，但又不知道该怎么处理和她的关系。

感谢信赖。

回答问题之前，先讲一下我自己的妈妈。

前段时间，我回老家和我妈坐在院子里闲聊，聊起我们家过去的日子，我60多岁的母亲斩钉截铁地说："我一点都不稀罕过去，我觉得现在才是好时候。"我看着坐在阳光下，头发花白、后背佝偻、满脸皱纹但笑容舒展的妈妈，忽然间好像明白了她这句话的意思。

我们兄妹三人小的时候，家里比较穷，我妈要操持家务，要干各种各样的农活，要为我们的穿衣吃饭和学费伙食发愁。我和我妹结婚后，我哥也有了孩子。为了生计，我哥和我嫂子远走他乡打工创业，把两个孩子丢在家里当留守儿童。我妈又像养育我们一样去养育孙子、孙女。直到我小侄女考上大学，我小侄子上了寄宿中学，我妈才放松下来，活得自由。

我妈放松下来后，我也渐渐发现，原来那个脾气暴躁、喜欢苛责的她，慢慢变得平和有序、宽容慈祥、招人喜欢。

正是我妈的这种转变让我认识到：妈妈之前之所以那么爱抱怨，是因为她大半生为儿孙受了太多苦；妈妈现在之所以这么舒展，是因为她终于有时间做自己。

我们这一代女性能有工作和生育的自由，其实是我们的妈妈或婆婆在替我们负重前行。一直到我们不再需要她们，她们才有机会做回自己。

这个认知是今天这封信的前提：那个一身毛病的妈妈，原来是个一再失去自我的女人。

妈妈的困境，藏着女性集体的悲哀

你的妈妈肯定算不上一个合格的母亲。

她嫌贫爱富、惯于指责、喜欢控制，以为自己才是宇宙的中心，所有人都要围绕她转。她的这些毛病，或许来自原生家庭缺乏爱，也或许来自和你父亲结婚后从未得到治愈，还或许来自生养你后从未成长。长期以来，爱的匮乏和生活的艰难，让她活成了一个格局极小、睚眦必报的受害者。她因为意见不合，竟然在你月子里和你婆婆大打出手。她因为恨你嫁得不好，就把这种恨投射到你丈夫身上，通过种种羞辱欺压那个离你最近的男人，来发泄你屡屡让她失望的怒气。

但是，这个浑身毛病的女人却是你危难时刻唯一可求助的救命稻草。

你爱上一个穷小子时，她一再反对，最终不还是选择接受？你没有房子住到婆家生产时，她不还是去照顾？你找到工作去上班时，她骂骂咧咧，不还是日复一日地帮你养娃带娃？

亲爱的姑娘，我说这些，并没有给你妈洗白的意思，更不是说你妈妈对你和你丈夫的控制就合理，她身上的那些毛病就可以忽略不计。我说这些，是提醒你，还有更多受过高等教育的女性能看见这样一个真相：我们这代女人能走路带风地奔赴职场，能眉飞色舞地拿高额月薪，能生养两个孩子还出去赚钱，很多时候是靠我们上一代女性付出了晚年的时光、健康和自由而获得的。

她或许是我们的亲妈，也可能是我们的婆婆，她有着这样那样的愚昧和偏见，但她依然选择让我们站在她的肩膀上，看见更大的天。所以，请你从意识深处看见这个问题。

这除了亲情和孝道，还关乎女性集体的困境和哀伤。身为女人的我们，不该在重蹈覆辙中一味互相伤害。

隔代卷入的矛盾，根本是家庭排序的问题

你的丈夫，是个令人尊敬的男人。

从外在条件来看，他出身贫寒，能力一般，甚至也算不上优秀体面；但从人品看，他朴厚善良，做事稳重。他知道你妈来家里带孩子是在帮你们，所以就用一而再，再而三的隐忍来获取家庭的表面和平。

他的委曲求全从未让你妈在感动中反省，很大程度上是因为你处理问题失当。不管你是出于"害怕妈妈发脾气撂挑子不带娃"的恐惧，还是出于"妈妈不发怒，丈夫才好过"的求和，你的所作所为都没有把丈夫的尊严和需求放在第一位。

虽然，你来信中每一句话都看似在替丈夫说话，但你行动上却在不由自主地配合妈妈打压丈夫，让他的处境更糟糕，让妈妈的气势更嚣张。元旦佳节，你妈妈不由分说地骂你丈夫一个多小时，随后你竟然买束花让丈夫向妈妈赔不是！难道不应该就在妈妈无端指责丈夫那刻起，你就强有力地站出来说："他做错了什么，您要这么待他？如果您老人家有理，请用事实说话，总欺负一个好人算什么本事?！"

就像婆媳大战中婆婆的态度都是丈夫允许的一样，岳母对女婿的欺压其实也都是妻子默认的。

因为孩子的问题，两代人难免会卷到一起。但隔代卷入的家庭关系本质上就是一个家庭排序的问题：夫妻关系永远都要排在第一位。

亲爱的姑娘，看见你妈妈的困境，知道她在帮你带娃，明白她也是个苦命人，但不影响你在大是大非上的立场坚定。因为，你对丈夫的守护，就是对小家的爱护；而你对妈妈的不退让，就是在提醒妈妈看见错误。

亲人之间，很多时候，你立场有多坚定，行为有多利索，看起来有多绝情，你就有多深情。因为，千金难买拎得清。

亲情有价，所以要变得强大

亲情其实是有价的。"亲情有价"不是说金钱是衡量亲情的唯一标准，而是说家人的付出是有价值的，而不是理所当然的。

父母不管合不合格，在我们结婚生子后已尽完抚养责任，帮我们抚育后代压根儿不是他们的职责。让妈妈来照顾孩子就要承受她的浑身毛病，这是为了节省保姆费用而必须付出的情感成本；嫌弃妈妈控制霸道，完全可以让她回家休息，夫妻双方一人辞职带孩子，或花钱请靠谱的保姆，这是为了避免亲情冲突必须付出的金钱成本；没条件请保姆，必须依靠妈妈或婆婆帮忙，那请尊重她们，努力在两代人之间的冲突中突围出去，这是因为自己没能力必须付出的时间成本；生养了孩子，因为小家伙的到来，一家人的关系乱成了一团麻，争吵撕裂中，你发现了自己的问题，看清了父母的局限，知道了伴侣的哀伤，这是养育过程中值得经历的治愈成本。看见这些成本，就容易接受那些代价；接受了那些代价，就容易在平和中更加努力；选择了更加努力，自己才可能变得更有价值。鉴于此，你的出路在于：

忍。忍受你母亲的问题，忍到孩子 3 岁上幼儿园，两代人分开住。

换。换人来帮你照顾孩子，要么请保姆，要么请你婆婆来。前者，你要付出金钱成本；后者，你要做好迎接另一场战争的准备。

做。你和你丈夫都不要因为害怕和你妈妈起冲突而逃避回到家里，让你妈在劳累和抱怨中把愤怒投射到孩子身上。最好的做法，是你和丈夫尽可能抽出时间替你妈妈分担，让她从劳累中解脱出来，她也会在你们的原则和接受中改变自己。这是最难的一条路，但也是最好的一条路。

爱。不管你妈妈能否改变自己，你和爱人都要一条心，遇事好好商量，彼此相互搀扶，对养育多些耐心，让你们的孩子在爱里活得舒展健康。

亲爱的姑娘，这封长信的最后，很想和你分享这样一段话：

小时候，我是一个女孩；长大后，我是一个女人；结婚后，我是一个妻子；生子后，我成了一个母亲；但是，唯有成长后，我才成为一个人。成为一个人的我，才可能看见更多母亲、妻子、女人和女孩。因为，当我自己不是巨婴，我才可能拥有独立和慈悲。

加油！

复婚问题
女人要先学会爱自己

娜姐：

您好。给您写信是因为，我离婚了，很想找一个人聊聊。

我和他相识10年，从大学到今天，谈不上青梅竹马，也算知根知底。我们过得不算富裕，但我一度很知足。

我有自己稳定的工作，收入比他还要高一些，但从不强势，时时刻刻考虑他的感受。我们之间甚至没有大矛盾，也很少争吵。

但可能就是这种毫无波澜的生活让他感到厌倦了吧。去年夏天，他和高中初恋偶遇后发生婚外情，被我发现。我当然很悲伤也很绝望，给他提出两个选择：第一，彻底和那个女人断绝来往；第二，我们离婚。

如你所料，他没有和初恋断绝来往，理由是那个女人生活得也很不幸，需要他。所以，去年年底我们离婚了。

其实，我们离婚前，他的工作也遭遇变故。我当时并不愿意离婚，不愿落井下石，也不愿他走投无路，但他态度坚决，言辞刻薄，我选择放手。

我们离婚后，孩子归我，他去了初恋所在的城市发展。但他的初恋至今仍没有离婚。

他在陌生城市找工作时又遇到这样那样的问题，所以前段时间他和我联系，语气中透露出悔恨，说对不起我和孩子，希望我再给他一个机会，要求复婚。

娜姐，我读过您几乎每篇文章，所以我知道这时候要选择说"不"，但我内心对他真的还有感情，我还爱着他。

我们结婚这10年，我从未对别人动过心，尽管我的条件也不差，甚至生孩子后还有男人向我表示好感，但我珍惜我们之间的感情，也爱着这个家，所以从未迷乱动摇过。当他提出复婚和好的要求时，我没有拒绝，但也没有答应他，而是说考虑考虑。

随后几天，他频繁和我联系，但随后又逐渐冷淡、不见踪影。后来我才知道，他找到了新的工作，安定下来，虽然他初恋还没离婚。不知为何，听到这个消息后，我有些难过。

娜姐，非常抱歉，让您听到来自我的忧伤故事。我仍旧每天认真工作，每天陪伴孩子，只是想起他，还有这段感情，仍会伤感。

我不知会不会收到您的回信。

不管如何，都遥祝安好。

感谢信赖。

多年前，我因为一桩新闻采访独自误入山中。当时天色已晚，乡镇尚远，因为害怕，脚步变得趔趄而急速。忽然，山谷中传来狂野而清脆的歌声，隐隐约约还有牛铃叮当作响的声音，那是牧牛的山民，边赶着他的牛群回家，边自娱地唱着山歌。那一刻，我不再害怕，因为我知道，有人在同一座山里和我同行。

我们这一生都会有迷路的时候。迷路时，如果知道有人同行，哪怕遥远，哪怕未见，依然能从对方身上获得力量。

所以不必对你的来信感到抱歉。也愿我的这封信，成为你夜路上的歌声，即便它不那么美妙动听。

择良人而爱，择善人而处

作为需要双方共同经营的情感，婚姻的实相之一就是并非我们一个人足够好，它就能圆满幸福。

你深爱你的前夫，处处考虑他的感受，把10年的情感看得高于一切，甚至在他背叛你后遭遇工作变故，依然不想对他落井下石，而是想和他共渡难关。这是一个好人善良的选择，也是一个妻子本能的慈悲。但前提是你对他有足够的了解，而他也值得你这么做。

你和前夫的婚姻或许隐藏着更深的问题，但最大的问题就出自你前夫本人。他偶遇初恋就出轨对方，置10年婚恋和无辜孩子于不顾，这本身已是大错。

更令人费解的是，在你宽容大度地给他两个选择后，他竟然打着"初恋婚姻不幸，需要他"的旗号把婚恋10年、结发妻子的你置于更加不幸之中。他以为自己是拯救初恋的盖世英雄吗？不！他就是把私欲建立在妻儿痛苦之上的跳梁小丑！这样一个不负责任的男人，纵然家缠万贯、学富五车都不值得挽留，何况他还是工作做不好且总是好高骛远的家伙！

追随初恋到另一个城市后，他发现一切并非自己所愿，就马上回头向你示好，全然不顾之前对你的种种伤害，他凭什么无耻到极点？除了他骨子里就是一个擅吃回头草的惯犯外，还有一点是你必须直面的——他认定了你会站在原地等他，他吃定了你对他旧情难忘，他料定你会再次选择原谅，所以他一次次把你的尊严和底线踩到地上。

远离坏家伙

亲爱的，请允许我说出这个真相——长期以来，是你的过分善良和大度、迁就和忍耐，把他惯成一个拿着棒棒糖还要吃爆米花的贪婪小孩，也把自己变成被人捅了一刀还帮人擦干血迹的愚昧女人。所以，后来他状况稍微有所好转，马上就一副小人得志的样子，再次把你和孩子远远踢开。

表面看这是因为他找到了工作，实质上他灵魂里就是这样一个过河拆桥的人啊。错过初恋，遇见你，和你恋爱；和你结婚，又遇初恋，背叛你，和初恋婚外情；和你离婚，初恋不离婚，他又找你；找到工作，估计初恋又说几句好听的话后，他再次抛弃你。他像那个下山掰玉米的猴子一样，在贪多贪玩不负责中，扔掉玉米，丢掉西瓜，跟丢兔子，最终势必两手空空。

不必替他说话，这是所有这山望着那山高的坏家伙们活该得到的惩罚。所以他和初恋的结局很可能是他热脸蹭个冷屁股。他离婚抛弃你，跟随人家去了那座城市，人家未必就会离婚嫁给他。人家可能会像那只逗他玩的兔子一样，很快消失在树林深处。

如果这样，过一段时间后他又来找你，你该怎么做？像过去那样无底线地原谅他？那么，今后余生你也要做好无数次原谅他的准备。因为，只要碰见心动的玉米，看见大个儿的西瓜，遇见好玩的兔子，他仍会丢下你去耍一圈，然后一次次回来找你，求你原谅。

如果，你撕下他的面具，看清他的真面目，让自己的善良多些锋芒，给自己的宽容加上边界，在他回头示好时勇敢地说出那句："你滚！"那么，今后你可能会孤独、会艰难，但从此不会再被他所伤。何况，你原本就不差，而糟糕的日子坏到一定程度也会好起来。

当然，如果后来他如愿和离婚的初恋结了婚，你更不必伤感难过；终于有人替你接管这个糟糕的男人，你当为此心存侥幸。

好女人，要先学会爱自己

好女人最容易犯的错就是向坏男人乞求爱。你也不例外。

你明明事业有成、长相美好、温柔善良、贴心懂事，明明离开这个男人照样活成一道风景，偏偏看不见自己的优势，而是一次次跪在地上向那个配不上你的男人说：求求你，爱我！

这种看不见自己珍贵的自轻和乞爱，才是他漠视你、背叛你、吃定你的根源，也是你前半生潜伏最深、内伤最重的错误认知。

真正强大的女人，不是年薪百万，不是貌美如花，不是男人优秀，而是在思维逻辑的王国有着清醒坚定的认知，把情感定式上那句糟糕的"求求你，爱我"最终换成"没有你，我也能活"。当一个女人，不再向男人乞求爱和情，而是向世界展示美和好时，她才能彻底地解放，站成一个真正的人、一个独立的人、一个自尊的人。也就是从那一刻起，她才有机会遇见真正的爱人。因为，最好的爱就是我爱你独立而高贵的灵魂，更爱你负责而长情的内心。

愿你历经劫难，远离人渣，终得圆满。愿你看见自我，修复匮乏，安度余生。

加油！

再次婚恋

二婚女人的三大禁忌

娜姐：

见字如面。

深夜失眠，泪湿枕巾，内心有很多哀伤，却不知和谁诉说。

我是一个丧偶的女人，孩子1岁多时，丈夫意外去世。此后两三年，为了孩子，我强撑下来，挨过抑郁。亲戚朋友害怕我长期过度悲伤，跟我说我还年轻需要有人帮衬，而且孩子尚小需要父爱呵护，于是就四处张罗给我介绍对象。

就这样，我认识了一个男人。他长得高高大大，工作也非常体面，前妻出轨他人而离婚，没有孩子。我们认识后，他对我的儿子特别有耐心，带着孩子去迪士尼，陪孩子过生日，我们一起出去玩，孩子累了都是他背。我刚满4岁的儿子也特别喜欢他，走到哪里都牵着他的手，喊他"爸爸"。我们三个出去玩，我看着他和儿子头碰头说这说那、干这干那，心都要融化了。我甚至想，一定是我去世的丈夫知道我这些年过得太苦，才派这么一个和他很像的人来替他照顾我们。

我们认识几个月后，因为我娘家哥哥欠我钱不还的事，我和娘家人闹了不愉快。当时他也在场，并没有多说什么。但此后他就对我越来越冷淡。后来我给他打电话、发微信，他也很少回。最后再联系他时，发现他已拉黑了我所有联系方式。我实在不知道哪里出了问题，就换了手机和他联系。他态度极其冷淡，随后又把我新换的手机号拉黑。

我无法接受这一切，心痛又绝望。我带着孩子见过他的父母，两位老人也很喜欢我。我们还曾一起到庙里祈福，期待能长长久久在一起。谁知道，这段感情竟然只维持了不到半年。

因为我自身条件不错，人也还年轻，总有人给我介绍对象，有一个还追得很紧，但是我始终放不下他。

娜姐，此刻是深夜两点，失眠的我只能给你写信，期待你给我一些点拨和建议。

谢谢你。

感谢信赖。

回答问题之前，先讲一个我身边朋友的故事。

我认识一个姐姐，丈夫出轨后，她选择离婚，带着9岁的女儿生活。离婚后也有人给她介绍对象，她处了几个总觉得不满意。有一次我碰见她，她和我聊起二婚女人相亲的种种难堪。在这个过程中，她反复提到一句话是："我就看他对孩子怎么样。"我马上打断她："姐，你相亲到底是想为自己找个伴侣，还是想给你的女儿找个父亲？"

她一下愣在那里，不知道怎么回答。

我说："你的女儿有父亲，哪怕她父亲背叛了你，但那个男人还是你女儿的爸爸。所以你相亲、恋爱、再婚，不是为了给孩子找个父亲，而是给自己找个爱人。当然，如果你和这个爱人相处得好，你的孩子会得到福报。但你要明白，你和这个爱人的关系才是第一位的。"

是的，亲爱的，你不是给孩子找个父亲，而是给自己找个伴侣。尽管这两者可以合二为一，但你对这个男人的认识还有你们的关系才是最最重要的。

这是今天我们这封信的前提。在这个共识上，我们再谈谈二婚女人再婚的三点大忌。

切忌寻找替身

不管是离异还是丧偶，有过一次婚姻的女人再次步入婚恋时，要明白的第一点就是，尽量不要把过去婚姻里的痕迹带到第二段婚姻里，以寻找替身的潜意识寻找爱人。

这世上没有完全相同的两片树叶，也没有完全相同的两个男人，更没有哪个男人心甘情愿地去当另一个男人的替代品。不能因为你之前受过太多伤，就拿以前那个男人的反面或者想象中完美爱人的影子来套现在的爱人身上；也不能因忘不了已逝的爱人，就把眼前的这个人当作思念的那个人的化身。

来信的你，在孩子幼小时丧夫，这种突然而巨大的伤痛需要很长时间来消化，这也很容易让你在对温暖的极度渴求和对亡夫的极度思念中过分美化遇见的这个男人，甚至把眼前的这个人当作你已逝的爱人。这种心情可以理解，但这种幻觉注定落空。因为当你怀着过分期待靠近一个人时，他也会在压力中想要逃离。

切忌不切实际

有过伤的人，尤其是女人，再步入婚恋时，很容易在武断中走向极端，甚至有时候看起来不切实际。比如"我再找一定要找个什么什么样的人"就是典型的立场先行。其实，稍微有点理性，回头审视已经错失的那些情感，我们都不难发现，打败婚恋的从来不是突如其来的灾难，而是实实在在的细节和鸡毛蒜皮的纷争。所以再婚女人一定要接地气，一定要回到生活细节，一定要透过表象看见本质，然后再决定要不要步入婚姻。

来信的你把遇到的这个男人美化得很好，但是一旦遇到事他就退缩了。这样的男人根本不是你的缘分，也不必念念不忘。一桩事都共不了，又何以共余生？

那么，他为什么在你和娘家人因为钱闹矛盾后就突然冷淡你、拉黑你呢？原因有二：

第一，怕麻烦。

人都是现实的。他没有孩子，你有孩子，本身你就比他多了养育这个麻烦。他通过你和娘家人的纠纷，又看到你原生家庭还有这么个大麻烦。所以他迅速撤离。

第二，你们的金钱观有偏差。

他通过你和娘家人这件事，看出了你在金钱观上和他有很大差异，他由此想到如果真结婚就后患无穷。所以他迅速远离。

因为他从你的生活中撤走时异常突然、态度坚决，就像你的亡夫离开那样，没有给你充足的时间和准备，所以你才这么疼。你的痛苦，并非源自对他的爱，而是两个男人都这么不打招呼地离开。

但是亲爱的，从另一方面看，这个男人恰是知道你是个用情很深的人，是个对他抱有很大希望的人，所以才如此决绝。如果他的态度黏黏糊糊、暧昧不清、反反复复，那才是对你最大的伤害。

因为，你想要的是一个完整的家，而不是一场在疼痛上反复煎熬的梦。

切忌消费孩子

再婚的女人最疼的软肋和最硬的铠甲都是孩子。但由于女人们往往非常感性，反而容易因为自己的婚恋反复伤害到孩子。

我在咨询中经常提醒再婚女人的一点是，感情没有到十拿九稳的地步，不要让你的孩子和那个男人过分亲密。

很多女人非常纳闷，将来他也要和我的孩子一起生活的呀，如果孩子不喜欢他或者他不喜欢孩子怎么办呀？

答案非常简单：亲密关系，是亲子关系的基石。

如果你找的这个人是品行不端的人，他连你都不够爱，又怎么会好好待你的孩子？如果你找的这个人是个善良共情的人，和你相处得又很好，又怎么会薄待你的孩子？所以，相比认识两天就赶紧让孩子加入你们中间，更好的方法是先多了解眼前的这个男人，多相处，多打打对手戏，待关系牢固而亲密，再邀请孩子加入。这样的好处就是不会因为你们感情的无常，在孩子心头反复拉伤。

来信的你因让孩子过早加入你的恋爱关系，而让已经失去一次父亲的孩子，再次承受"爸爸去哪儿"的创伤。但是你也不必过分自责，孩子比我们更容易信赖一个陌生人，也更容易忘记不愉快。你的当务之急是给自己时间去接受这段感情已结束，然后再给自己力量去抚平内心的伤口。

记住，妈妈从来不是超人，单亲妈妈更不是。允许自己会因恋爱犯错，但更要在每次经历中成长；允许自己内心有伤，但别让孩子反复受伤；允许自己会寂寞孤独，但决不为了形式的完整牺牲渴求的幸福。

最后，很想和你分享这样一段话：我们这一生，谁都无法避免受伤。

但只要一直心怀善良，不丢希望，不忘成长，走在路上，所有的旧伤终成勋章，所有的故人都会为我们鼓掌。

无爱婚姻
播种荆棘开不出百合

娜姐：

你好。

一直想找个人诉说心里话，无意中看到你的邮箱，那一刻像发现了新大陆。感谢你一直以来给我们带来的文章。我一直在思考我的人生，或许心中早有答案，但还是想和你再聊聊。

我与他是相亲相识的，他性格内向，不愿意与人打交道，也就是世俗标准的好人。我当时职场失意，再加上自己也老大不小了，在双方父母的催促下，就这样草草走入了婚姻。

婚前，我对他没有深入了解，婚后十分后悔。当然与他结婚时，我也从来没有指望他会给我多少爱。我以为婚姻有柴米油盐就足够了，可以不用多少爱，或许我也想当然地以为自己能改变他。如今看来这都是我的一厢情愿。

婚后，家里的一切开支都由他爸妈负责，就连儿子出生的费用都是他父母包的。现在儿子 4 岁了，他在儿子身上花的钱估计不超过 500 元。在这个家庭，他像一个可有可无的人，他父母对他从来没有要求，他在家里什么也不会做。甚至，他的每一份工作只做三个月左右就辞职，然后休息一年，钱花完再工作。从 2018 年开始到现在，他一天班都没有上过。现在他父母开始急了，叫他上班，但他无动于衷。我与他没有什么感情，他对儿子、对我、对家里的事也不闻不问。现在想一想我当初竟然嫁给他，我觉得自己就是个疯子。

再说他父母，婆婆人很好，对我也非常好，像对亲生女儿一样。但随着孩子的长大，我和婆婆常因教育问题产生分歧，现在她与我也像是陌生人。

我每天下班回来面对着这样一家子真的好累，经常自己一个人坐在镜子前哭。有时候，我也在想我为什么活成这样，觉得自己活得很失败。多少次我真的想头也不回就这样离家出走，但一想到儿子，这么小的他已经缺少父爱，难道还要失去母爱吗？但我的痛，我的苦，该与谁说去？

娜姐，我真的很想结束这段婚姻，因为人生还很长，不能这样过一辈子；但一想到孩子，我又特别迷茫，特别下不了狠心。

娜姐，我到底错在哪里？这条路到底要怎么走下去？期待指点。

谢谢信赖。

读你的来信，脑海中不时闪现出这样一幅画面：那年，有个年轻的姑娘独自漂泊异乡，偏偏又遭遇寒流。冻得瑟瑟发抖的她，囊中羞涩地来到商场，在打折区买了一件廉价的大衣裹在身上。当时她的确感到了暖和，但后来她就不愿穿这件大衣了，而且每次看见它廉价的材质和粗糙的做工就很嫌弃。她觉得这衣裳配不上她，也忘了那场寒流中自己怎么会带它回家。其实大衣始终都是大衣：低廉，劣质，也算暖和。变化的是姑娘的处境，还有她看待大衣的心。

婚姻和大衣不同的是，大衣只是无法言语的物件，你抛弃它、冷落它、随意处置它，它不会反抗你，也不会伤害你。

但一开始就有病的婚姻，会在漫长岁月里，变成一张不断分叉、不断蔓延的关系网，最终牢牢缠住织网的那个人。

此刻的你，就被缠在网中央。

种瓜得瓜，种豆得豆

我是一个因果论者。我相信"种瓜得瓜，种豆得豆"，也相信

"怀着歹意待人，必然伤及自身"。这种相信的最大好处就是遇到一切问题时，都能返回自身、审视初心，进而去自我调整、努力修复，或开始下段关系时，秉持诚意、全然给予。

你和很多在不幸中辗转腾挪的姑娘一样，最致命的问题是对婚姻的迁就。这种迁就固然有工作的失意、年龄的限制和父母的催促，但最根本的是你自己的草率和亵渎。彼此不了解，只是觉得他老实，从来就不爱他，只是想有个家，生个孩子，凑合成一家人就行了，你抱着这样的初心，连交一个朋友都不配，又怎么可能收获长久姻缘？

结婚后，你丈夫给了你一个家、一个孩子，也给了你冷漠、不爱和不思进取。他和结婚前一样，你却觉得这日子没法过了。他依然是他，变的是要了婚姻也想要爱的你。你口口声声说不爱他，亦不奢望他的爱，不指望他，亦不对他怀有期待，但你的眼泪和委屈不恰恰证明你在自欺欺人吗？

姑娘，一辈子很长，一个家很沉，而一个女人会在庸常反复的日夜渴望伴侣的爱抚与深情。这正是面对婚姻，我们要心怀诚意的根本。

那些选择了将就的姑娘，为什么后来都过得不怎么样？因为所有的将就最终都成了深夜的忧愁。我们亵渎婚姻，婚姻也不会给我们幸福。

这是因果，也是逻辑，这从你丈夫身上也能窥见一斑。

真爱无须多言，被爱自有感知

印第安人说"我爱你"是这样表达的："我被你的存在感染了，你的一部分在我体内存在并生长。"

这是关于"我爱你"最美好最贴切的解释，因为它道出了爱的真相：真爱无须多言，被爱自有感知。

现实中，很多自以为聪明的人，打着爱的旗号，怀着别样目的，去靠近另一个人。很多时候，他们看似得逞了，甚至不少人扬扬得意，觉得自己多能耐。其实，他到底是在爱，还是在利用对方，对方心里很清楚。哪怕一开始糊涂，后来也会明白。因为真正的爱会彼此感染，会在对方的身体和灵魂里生长；有没有被感染，是不是在生长，这是骗不了人的。

来信的你，一开始就说不爱你丈夫。只是你有没有想过，你不爱他，他也是知道的。他知道你选择他是为了凑合，他懂得你和他结婚是因为失意，他甚至能看透你心里住着另一个人，只是把他当替身。

他结婚几年从不成长，除了他父母的大包大揽助长他的惰性，还有你的冷漠嫌恶让他自甘堕落。当然，身为一个男人、一个丈夫、一个父亲，他有责任去成长，去工作，去赚钱，去把家人照顾好，这是他生而为人不可推卸的使命。他没有这么做，这除了他原本就是一个巨婴外，还有一个不易觉察而真实存在的恶意：这是他对你不爱的报复，对你冷漠的惩戒，对你嫌恶的反抗。而他的父母，又在这中间不自觉地充当了帮凶。

最好的养育，是巩固"夫妻联盟"

"隔代卷入"是中国家庭普遍存在的问题之一。很多问题都能从隔代卷入家庭中找到根源。迫于种种原因，父母把养育的责任拱手让给爷爷、奶奶或外公、外婆，这种一时轻松只会换来一生悔恨。

你们家，从孩子出生到如今孩子长到 4 岁，不管是陪伴还是花销，几乎都是公婆负责。这看似很正常，其实有很大问题。

一方面，公婆负责会让你丈夫想当然地不负责。他不管孩子，在孩子身上花的钱不超过 500 块，干三个月休息一年，整天好吃懒做，因为在内心深处，他认为他爸妈的就是他的。但父亲的陪伴和责任和爷爷、奶奶的怎么可能一样呢？

另一方面，公婆负责养育出来的孩子不过是你丈夫的另一个翻版。你看到公婆负责而丈夫不负责，你想到的不是自己去负责（当然，养育孩子不该靠妈妈一个人），而是推卸责任：他爸都不管，我也不管。结果在养育孩子这个问题上，你和丈夫都成了旁观者，真正负责的人是老人。你公婆这样的父母，能把儿子养成一个懒人，你还指望他们把孙子养成一个天才吗？伴随孩子越长越大，问题越来越明显，你开始发现儿子正在公婆的养育下成为丈夫的翻版。

你试图去纠正隔代抚养的错误，但在激烈冲突和争吵中，原本和你关系好的婆婆也站在了你的对立面，你在这个家失去了最后一点温存和地位。

为什么？因为，最好的养育是巩固"夫妻联盟"，一致抵御"外敌"。你的婚姻，一开始就没有从灵魂里结盟，又何来一致对外呢？姑娘，尽管我理解你的内心和处境，也同情你的遭遇和人生。但是我还是要说出下面这些不讨喜的话：今天的一切，都是你自己造成的；你当初的草率，造就了今天的一切。

如今，是彻底翻出鞋底的那颗沙子将它扔掉，还是让它继续藏在鞋底磨自己的脚，主动权都在你。因为疼的不仅有你自己的脚，还有你孩子的将来。成熟的标志，就是学会为自己的错误买单。

如果你觉得你丈夫能浪子回头，而你又想给儿子一个完整的家，需要做到以下两点：

第一，推心置腹地对待你丈夫。

告诉他你对他的期待，尽力重新去爱他，尝试接纳他、鼓励他，用你的负责引领他的成长，让他看见身为父亲和丈夫的责任。这对于一个依赖成性的巨婴来说是非常难的开始，但如果不这么做，他永远只能当吃奶的婴儿。

其实，没人甘当巨婴，成长才是本能。你丈夫的成长需要有人狠心放手，也需要有人在前领路。狠心放手的是他的父母，在前领路的是你。当然，前提是你愿意引领，你公婆也能明辨利弊。

第二，尽快和父母分开住，找回抚养主权。

你的丈夫本质上偷懒、贪玩，不想负责。如果和父母同住，这种特质就会无限放大，进而成为顽疾。和父母分开住，倒逼他

成长，也让他在对小家的不断付出和对孩子的日日陪伴中找到获得感和成就感，进而在一点点自信中从小男孩长成大男人。

要知道，人们都会对付出很多的东西格外珍惜。不管是事业、婚姻，还是孩子，皆如此。

19 世纪的"毒舌段子手"、伟大作家王尔德说："如果一个女人不能把自己的错误变得迷人，她只是一个雌性动物。"

亲爱的姑娘，愿你余生不管如何，都能从错误中获得真知，从悲伤中看见阳光，变得迷人。

加油！

爱情与道德
没走到底也没关系

娜姐：

　　见字如面。

　　三年前，第一次读到你的文章。那时，我因先天性子宫发育不良，接到医生"因子宫先天缺陷，怀孕概率低"的诊断书。因为无法接受这样的事实，也因为婆家人说三道四的嫌恶，我处于人生低谷，想不通上天缘何和我开这样的玩笑，剥夺我当母亲的权利。此后多天，我阅读你的文章，看到很多人都在和自己的残缺苦苦搏斗，在体恤他人中边积极治疗，边接纳自己。我和丈夫商量，如果今生真的无法生育，我们就抱养一个孩子，或者守着彼此到老。他表示同意。

　　我和丈夫是经人介绍认识的，虽然他父母曾竭力反对我们结婚，但我们坚持走到一起。我们俩都来自小镇，都在大学毕业后到南方这座二线城市打拼，虽然暂无房车，但心想只要踏实努力，也能过上岁月静好的生活。不料上天再次和我们开了玩笑。

2017 年冬天，他自不小心摔了一跤后，腿疼得难以忍受。后去就医，医生觉得不是摔伤这么简单，怀疑是骨癌。他父母非要把他接回老家找偏方治疗。我先后三次回去找他，希望他能接受正规治疗，都被他父母骂哭。他父母觉得我偏信医生，诅咒他患癌。他大概也惧怕自己真的患癌，所以不知怎么就鬼使神差地一味相信父母，生生错过了最佳的治疗时机。

2018 年春末，按偏方治疗小半年后，心存侥幸的他再次疼痛难忍，到大医院被确诊骨癌，且癌细胞已转移至淋巴。为保命，他只能选择截肢。为了他的后续治疗，我向亲朋筹集 15 万元，还为他众筹 10 万元。他住院化疗期间，我边上班边为他跑各种报销和保险。他曾流着泪对我说，不该听信父母的话，耽误早期治疗，不然也不会给我惹这么多麻烦。我说，我们是夫妻，遇到问题原本就该一起承担。但他的病情发展得很快，即便做了截肢手术，癌细胞还一直扩散。医生说情况不乐观。每当我下班去照顾他，看见同病房里又多了一张惨白的空床，内心就特别害怕，生怕下一个就是他。

这一年多，他的病也差不多花光了我们俩上班攒的钱、父母救济的钱，还有各种渠道筹集的钱。我这边的所有亲朋都劝我离开他，毕竟我们没有孩子。但我不忍丢下他不管。尽管他父母至今都和我有积怨，他有时候也是个"妈宝男"，但我看着病床上疼痛难忍又日益消瘦的他真的好心痛。自从他患病，我的体重也从 120 斤瘦到了 102 斤，常常浑身湿透从夜梦中惊醒。昨天来医院探望的同学告诉我要做最坏的打算。所有人都劝我放手，但我想撑下去，陪他走完人生的最后一段路。我不想让他最后的日子在冰冷的医院里，我想辞职陪他回到我们的小家。

娜姐，这一路很不容易，超过我之前 29 年经历过的所有困难。有时候，我也觉得就要走不下去，但还是在哭过后告诉自己要坚持下去。

我这么做对吗？

看完你的来信，不禁双眼湿润，为你们的苦难和陪伴，也为你的善良和坚守。

回答问题前，讲一个别人的故事。

大概是 7 年前，我刚开始做情感栏目时，有个女人给我来信，谈到她年轻时的一段恋情。她和他都来自农村，都是家里的老大，都是初中辍学后出来打工，都把亲人和家庭看得很重。相同的出身和经历，让他们相遇相爱了。不幸的是，相恋 4 年的他们准备谈婚论嫁时，男孩子在送货时出了车祸，失去两条腿成为残疾人。她爱他，同情他，不忍心丢下他，非要嫁给他，但男孩就像换了一个人一样再也不愿见她。她去找他，他不理她。她给他钱，他扔了出来。她再去看他，他说狠话骂她。当时，女孩无法理解男孩在遭遇车祸后缘何如此消极和悲观，以致性情大变。渐行渐远中，她选择放手，并在后来嫁给朴厚健全的丈夫，过上了相对轻松的生活。

10 年后的某天，她和丈夫开车带着两个孩子出去郊游，在风景区的水果摊旁看见了那个挂着双拐、两鬓斑白的昔日男友。失去双腿的他，这些年一直靠卖水果在老家艰难过活，30 多岁老得像 50 多岁的人。

那一刻，她别过头去泪流满面，也重新定义了爱情。当年他那么对她，不完全是极端自尊导致的性情大变，更大程度上是他不想拖累她，想让健全的她替他活出完整的人生。因为残疾又贫困的他比谁都清楚，对于他们二人来说，与其一起溺亡，不如放手让其中一个求生。

这个真实的故事曾在很长一段时间内打动并提醒我：不要站在道德制高点上去评价所有无法患难与共的恋人。不离不弃的爱情，值得歌颂；但脆弱真实的人性，也值得尊重。

今天，我把这个故事讲给你听，是想告诉你：你已经做得足够好。不管将来如何，你都不必背负沉重的道德枷锁。因为，余生很长，为了爱，你也要好好活着。

离开就是可耻的吗？

在正确而高尚的宣传语境里，夫妻双方如果一方遭遇意外，另一方就该选择留下来，不离不弃、倾尽所有、陪伴左右。

但如果那个妻子或丈夫几经努力，在身心俱疲中走投无路，为自保选择离开，那么她／他就是罪该万死的吗？

我认为不是的。因为爱情最美好的归宿应该是生，而不是死。所有打着爱情的旗号让人们走向绝路的行为，某种程度上都是站在道德制高点上的谋杀。就像你说的，这一年多亲朋见证了你的付出和牺牲，也心疼你的憔悴和透支。他们都劝你放手，这是因为他们自私冷漠吗？

　　不是。这是因为他们看见你的努力，所以他们希望你能放过自己。他们深爱你，所以他们不愿站在道德制高点上裹挟你。

　　来信的你不计和公婆的宿怨，不管付出多大代价都守在丈夫身边。也因为你爱丈夫，不愿失去他，哪怕只有一线生的希望你都要为他试一试。家人爱你，他们希望你好好活着；你爱丈夫，你也在为他争取最后一线生机。你们的爱，都是为了活下去。只是，你对丈夫的不离不弃除了责任和良知，还有一种你自己也不易察觉的心理。

悲欢真能相通吗？

　　没有在深夜痛哭过的人不足以谈人生。因为，人类的悲欢并不相通。

　　你因身体缺陷，很可能无法生育。这对一个渴望做妈妈的女孩来说，是沉重的打击。公婆脸色和流言蜚语，一定让你在深夜痛哭过很多次。尽管来信中你没有提及丈夫嫌弃你，但潜意识里你因为自身的缺憾，其实对丈夫怀着深深的内疚：无法满足他当爸爸的愿望，无法像别人那样过上一家三口或四口的圆满生活。

　　这种负罪感让你对丈夫既愧疚又感恩。他病倒后，你四处奔走，倾尽所有陪伴左右，有你身为妻子的爱，也有你千方百计弥补自身残缺的讨好。无法生育的你面对身患重病的他，就像看见另一个不得圆满的自己。你对他的爱里，也有对自己的怜悯；你对他的情里，也有对自己的安慰；你一定要陪他走到终点的倔强里，也有着对自己的补偿和治愈。

亲爱的姑娘，从这个意义上来说，是患病的丈夫给了你一个机会，让你孤注一掷地接纳并治愈自己。

这一点也是你们的故事最打动我的地方。

牺牲才是深爱吗？

来信的你，选择坚持留下来，不管结局好坏都和丈夫一起承受，这让人尊敬又感动。但这背后，是尊敬无法囊括的辛酸和不易。

不管一年后丈夫是病情稳定活了下来，还是病情严重去了天国，你都应该明白：唯有你好好活着，才不枉这夫妻一场。

所以，我不赞同你辞掉工作去陪他的做法。这看似很感人，但其实不理智。因为你们的经济状况已经很糟糕，如果你放下工作，只会让生活雪上加霜。而且患病的丈夫对你也心怀亏欠，如果你放下一切照顾他，只会加重他的负罪感，让他在治疗中更不安。

你最好的做法是应该好好工作，比以前更努力地工作，比以前更乐观地生活，比以前更注重自己的健康。这样，不管是他最终战胜了病魔，还是最终败给了命运，都会在欣慰中明白：你们的爱让你成了更好的自己。而你的坚韧也让他能放心离去。

努力工作，好好活着，还有一个意义：如果他真的离开，你也有底气和力气开始新的生活。

多少人在亲人或爱人遭遇意外后，终日沉浸在痛苦中无法自拔，错把回忆和悲痛当作最深的爱。

其实，最深的爱是你活得好，活出质感和光彩，让无法拥有明天的那个人在天堂里为你鼓掌。

姑娘，这封长信的最后，很想和你分享这样一段话：残缺，让平凡的人们相爱；意外，让相爱的人们分开；分开，让长情的人们悲伤。

但是，亲爱的，你要记得，一直往前走。走过荆棘，走过泥泞，走过黑暗，走过伤痛，在某个不经意的黎明，你会遇见如山花般烂漫的自己。那一刻，你要好好享受那山间的风、那迷人的香、那舒展的美。因为，你不仅仅在为自己绽放，也在替你爱的人和爱你的人而活着。

加油！

亲情淡漠
婆婆是远方的客人，丈夫是身边的爱人

娜姐：

见字如面。

我是一名中学老师，是"培优班"的班主任，我丈夫是一名退伍军人，我俩结婚三年，有一个两岁的宝宝。丈夫学历不高，但脾气好、有耐心、很体贴，退伍后在省会工作，我生下孩子后，他辞职回来带娃。

孩子这么大，我很少操心，给娃洗澡、穿衣、清理卫生，全是他在做。为了让我安心教书，他几乎承包了全部家务。有时我怕他太辛苦，晚上改完作业要带孩子休息，他总会把娃抢走，说我带毕业班，赶紧去好好睡觉。我外出学习、参加比赛、竞聘职称，他都是二话不说全力支持，从不让我因家事分心。写到这里，我不禁双眼湿润，静下心来，才发现自己的男人如此好。

但非常不幸的是，我有个特别差劲的婆婆。我丈夫幼年丧父，婆婆带着他改嫁两次，有了现在的组合家庭，除了现任丈夫的孩

子，又生下两个孩子。我生孩子时，婆婆还没有退休。我父亲身患重病，卧床不起，需要母亲寸步不离照顾，无法帮我们带孩子。孩子1岁时，婆婆退休。我们回去请她帮忙，她拒绝了。退休无事的婆婆什么都不干，沉迷于购买保健品，已花了几万元，甚至把住房公积金取出来全部投进去，却不愿帮帮我们。

去年我们得知，退伍军人可以免费上全日制大专。丈夫很想去，他向往大学生活，我们再次请他妈妈帮忙，得到的答复是："不会给你们哄孩子，也别想和我要钱。"

我知道婆婆不帮衬我们是权利，但看到别人家的父母对孩子掏心掏肺地好，心里难免愤恨不平衡。

我月薪也就几千块，要还房贷，要养孩子，几乎每个月都有人情往来，一个人挣钱养家真是捉襟见肘。虽然因为钱我和丈夫没有生过气，但看着他节俭抠搜的样子，心里真的难免对婆婆有怨气。丈夫已两年没有买过一件新衣，我给他买的衣服他都拿去退了，说自己在家带娃，不需要穿新的，把钱省下来给孩子和我用。让我更心疼的是丈夫想出去读书，出去工作，但为了让我安心却偏偏说："没事，没事。"

我昨天心里实在难过，就背着丈夫偷偷给婆婆打电话，说着说着哭起来。结果婆婆铁石心肠地说："你们自己想办法。"

娜姐，此刻，我刚改完学生的卷子，去卧室看了陪孩子熟睡的老公，心情复杂地给你写下这封信。

我真是不明白，婆婆怎么一点都不心疼自己的儿子。天下有没有这样的婆婆？我要如何面对她？又该如何劝解自己？

感谢信赖。

婆媳关系本质上是夫妻关系的延伸，很多时候婆婆的态度都是丈夫允许的。最糟的婆媳关系，是丈夫充当婆婆的帮凶，不断伤害妻子；最尴尬的婆媳关系，是婆婆不断搞事，而丈夫过分懂事。

亲爱的你就挣扎在后者的关系里，一边愤恨，一边感动，也难免在分裂中看不清自己。

万里挑一的丈夫，是个怎样的男人？

一个懂事到让人心疼的人，不管是男人，还是女人，都是吃过太多苦的人。他不曾被善待，所以才过分善解人意。他不曾被接纳，所以才无限宽容忍让。你这个万里挑一的丈夫好到让看此文的很多女读者嫉妒。

但需要坦白的是，通过你的描述，我看见的却是一个男人的习得性无助。他自幼丧父，在母亲不断改嫁中寄人篱下、看人脸色。为了在组合家庭中和异母异父、同母异父的兄弟或姐妹们相处，过往岁月里，他一定是一次次藏匿自己的情绪和感受，委屈自己讨好别人，只为不给妈妈添乱，不让自己难堪，能够活下去。

他这种时时处处牺牲自己、成全他人的性格，在你们结婚后也暴露无遗：你生孩子没有人带，他赶紧辞职；你工作忙要养家，他扫除一切后患；你挣钱他带娃，他就两年不添一件新衣……

他这么做当然是非常非常爱你。只是身为他的妻子，你除了看见爱，还要看见疼：你身边这个好男人，直到今天还活在原生家庭的阴影里。他懂你的不易，你也洞见他的过去；他支持你所有的梦，你也要体谅他的委屈。而他的委屈里，第一条就是和他母亲的颠沛流离。

不近人情的婆婆，到底在表达什么？

这世上最难的事，是站在对方的角度思考问题。因为人性的弱点之一，就是夸大自己的感受和难处，然后想当然地认为别人都很容易。

你的来信中写到了婆婆的种种不是，我相信这些都是事实，也是你真实的感受。但是，如果站在婆婆的角度考虑，看到的或许是硬币的另一面：婆婆虽然不是完美的母亲，但她年纪轻轻就成了寡妇，为了活下去，她先后两次改嫁，但从未遗弃你丈夫。

她是你丈夫的母亲，也是其他孩子的妈妈和继母。这种尴尬的身份让她在考虑诸多问题时不能感情用事，而是要一碗水端平。你丈夫是她的大儿子，她若帮你们带孩子，势必将来也要帮其他孩子，否则就会招来不满和诋毁。这诋毁很有可能转嫁到你丈夫身上，让曾被嫌弃的他在整个家族里更不好过。从这一点上说，婆婆的无情无义里也藏着减少矛盾、爱护体恤的深意。你丈夫懂这一点，所以在他妈妈不愿带孩子时才狠心辞职，义无反顾支持你。

其实你丈夫对他母亲的感情也是很复杂的。他妈妈是一个有工作的人，能改嫁两次，想必也是个很有主见、不畏人言的狠角色——从她对你们的态度上也能看出，她不被别人的评价控制。由此可见，你丈夫对强势的妈妈是有点畏惧的。

但他妈妈即便婚姻不顺、一生动荡，终究是对他不抛弃、不放弃，还送他去当兵，没有让他在自暴自弃中走上歪门邪道。从这一点上，他对坚强的妈妈是非常感激的。

看见丈夫对妈妈的复杂情愫，你才能不分裂、不焦灼，不把那个深爱自己的战友推到对立面。

何况作为受过高等教育的女性的你我还要看见：和大部分女人一样，婆婆的大半生也是活在妈妈、妻子、女儿、员工这些角色里，没有机会舒展做自己。如今她好不容易熬到了退休，帮我们带孩子是她的情分，而不是她的责任。至于她的钱是买了保健品还是其他消费，除了提醒，孩子们其实无权干涉；退休后逐渐边缘化的老人和不知人间疾苦的孩子一样，只有吃过亏、碰过壁，才能长记性。

抛开婆媳关系的执念理解婆婆，你才会更加客观；看见丈夫的两难，知道他今天放弃工作也要给你和孩子扛下一片天，是为避免你们遭受他小时候那样的动荡不安，你会更加懂得眼前人。

只是，你的难题要怎么解决呢？

艰辛打拼的你，活在怎样的执念里？

婆媳关系的最大问题，就是强行把彼此当母女。

婆婆不是妈妈，而是生养丈夫的母亲；儿媳也不是女儿，而是陪儿子后半生的女人。多少婆媳战争，就是因为活在母女比较的执念里。

你没有把婆婆当妈妈，但依然难逃这样的双标心理：你的父母由于你父亲的病患无法给你带孩子，你并没有抱怨他们；你的婆婆不给你带孩子，你却如此不满。仅仅因为婆婆是健康的、退休无事，还是因为她是婆婆，所以她"该"？抑或是别人家都如此，所以她也必须？

亲爱的，在生养这个问题上，"最该""最必须"的那个人不是婆婆，也不是妈妈，而是我们自己。

自从我们擅自把孩子带到世上那刻起就该懂得：生孩子是我们自己的选择，养孩子是我们自己的责任，不管多苦都和爱人一起把孩子养大是结婚那刻起就要做好的准备。所以，我也想和你分享这样三个认知：

第一，为了爱，学会等待。

孩子已经两岁了，还有一年就上幼儿园。我感觉国家扶持退伍军人上全日制大专的政策短期内不会变，实行的是弹性学习制，可以边工边读。孩子上了幼儿园后，给丈夫时间和耐心，让他可以一边工作一边学习。既实现了他的梦想，也减轻了你的负担。你们之间，有着强韧的爱，困难很快就过去。

第二，因为懂，所以不作。

放弃对婆婆的期待，不要再因为这件事给她打电话，不要拿婆婆的事在丈夫面前作。照顾好自己的身体和情绪，让那个受过太多苦的男人因为你的爱和接纳得到安全感，学会爱自己。你对爱人的体谅能帮助他治愈原生家庭的伤。

第三，不欠谁，更有底气。

辛苦打拼的你和爱人，靠彼此的搀扶有了工作，建设小家，养育孩子。多年后，当孩子长大，你们静好，回头看今天的苦日子，终将发现：那些一起牵手经历过的困难、走过的路、流过的泪，是这平凡爱情里闪闪发光的钻石。你们谁都不欠，活得勇敢，也爱得饱满。

这封长信的最后，很想和你分享这样一段话：亲爱的姑娘，自披上婚纱那一刻，你就要清醒地知道，婆婆是远方的客人，丈夫是身边的爱人。不要因为远方的客人伤害身边的爱人，而要因为身边的爱人宽宥远方的客人。

加油！

父母爱情

没有金刚之怒，不见菩萨慈悲

娜姐：

见字如面。

我自幼生活在动荡不安的原生家庭里，曾超级没有安全感，幸好有一位忍辱负重的母亲，后来嫁给宽厚靠谱的老公，内心拧巴的恐慌才渐渐消退。不料，小日子没有安稳几天，原生家庭又发生了山摇地动的战争。

我和弟弟、妹妹这一辈子最大的伤，就是我那奇葩爸爸了。在我们都还是懵懂无知的小孩时，做生意稍微有俩钱的爸爸背叛了妈妈，出轨了一个比他小10多岁的女人。令人难过的是爸爸这轨出得大张旗鼓，竟然搬去和第三者同居，而且还和第三者生了一个儿子。在我们那个不算大的城市，这桩事对妈妈来说简直就是羞辱。妈妈整日唉声叹气、以泪洗面。我是老大，看着妈妈伤心，只能带着弟弟、妹妹乖乖地陪在她身边。因为年龄小，也不知道该去仇恨爸爸，还是该去偏袒妈妈，总之分裂又害怕。

我爸爸这边的亲人，也都渐渐承认了第三者的存在，大概因为他们也疼爱我那个同父异母的小弟弟。写到这里，我要补充一下，因为妈妈的教育，我们姐弟三人从未仇视过那个小弟弟，知道他妈妈破坏了我们的家庭，但他是无辜的孩子，所以即便偶尔撞见，我们也未曾伤害过他。

在羞辱和眼泪中，妈妈迟迟没有离婚。直到4年前，我结婚生子，弟弟、妹妹也都考上大学，妈妈愤然向爸爸提出离婚。实话实说，这些年爸爸在经济上一直都有照顾我们，但在我们心里，父母的婚姻早已形同虚设，所以当时他们离婚对我们并无影响。

但更狗血的剧情还在后面。按理说爸爸和妈妈离婚后爸爸会快速和第三者结婚，毕竟他们苟且了这么多年。但是并没有。去年，也就是爸爸离婚的第三年，那个女人居然离开了他，不但拿走了他手头的大部分钱，而且还把那个小弟弟留给他抚养。他跑到那个女人的老家去找，人家根本不见他，并托人捎话：这辈子都不会和他结婚。我曾就这个问题和同父异母的小弟弟沟通过，已经10多岁的他这样解释：爸爸和他妈妈在一起也整天吵架，甚至还经常动手，过得非常不开心。

最致命的问题还在后面。被第三者抛弃的我爸，变着法折磨我们姐弟三人，要求我们去劝说我妈和他复婚。其实，我爸心里还对那个女人不死心，盼着人家能回来，但他又担心人家彻底不回来，眼看步入老年没人管他——那个小弟弟说了，将来长大就去找他妈，不会留在我们这里。

　　讲真心话，我特别瞧不起我爸。他要是我丈夫，我绝对不会像我妈那样忍这么多年。但是，看着他寻死觅活地折腾，还有这两年他的生意每况愈下，我和弟弟、妹妹又放心不下，毕竟他是我们的爸爸。

　　当然，我们也问了妈妈的意见。一直一个人过的妈妈给了我们这么一句话："我大半辈子都被他坑了，难道接下来的日子，还要被他害吗！"

　　唉，一边是因为失恋动不动就要挟我们的爸爸，一边是因为受伤不愿和爸爸纠缠到一起的妈妈。我有孩子要照顾，弟弟、妹妹也面临毕业找工作，因为我爸的这摊烂事，我们都快崩溃了。

　　我们要劝说父母复合吗？

谢谢信赖。

回答问题之前，先讲一个我亲眼所见的故事。春秋季节，我有早晨去公园跑步的习惯（冬夏在健身房）。在我们家门口公园的老年舞场，我经常遇见一个满头银发、风姿绰约的老阿姨。她爱黑红配，要么红上衣黑裙子，要么黑上衣红裙子，浑身充满活力。她舞跳得也很好，我经常看见不同的男女舞伴和她跳舞。

有那么几个风和日丽或秋高气爽的早上，我在公园门口撞见她，她都推着一个轮椅。轮椅上坐着一个目光呆滞、嘴歪眼斜的老头儿。有天，我跑完步坐在舞场旁边的长椅上喝水时，听见旁边两个跳舞跳累了休息的老阿姨指着轮椅上那老头儿说："你看看老赵，当年有权得势时也是风流得很，后来没钱了、没权了，一下子脑梗了，这不还得指望他老婆管他。"另一个老阿姨斜着眼撇着嘴附和道："他老婆也算有良心，换作我，我连轮椅带人把他推进河里喂鱼去！我才懒得管他！"

原来，那个瘫痪在轮椅上的老头儿叫老赵，而那个舞跳得好的阿姨就是他老婆。只是，如今坐在轮椅上站不起来的男人，年轻时曾管不住自己，一次次辜负发妻；老年后，他一下子瘫痪，情人如鸟兽散，最终还是发妻陪在身边。

　　但不是所有年轻时被侮辱、被伤害的发妻在老年后都愿意继续给负心汉当"接盘侠"，一边擦屎端尿地照顾那个可恶的男人，一边在广场上和别的老头儿跳舞给他看。委屈了一辈子的她们，只想在老年后清清爽爽又安安稳稳地度过晚年，不再想以前的伤害，也不再翻过去的烂账。

　　就像你妈妈。

复不复婚，你们说了不算

　　收到你的来信，忍不住一次次给你妈妈点赞。

　　尽管在某些人眼里，忍受丈夫出轨多年的她看起来就像一个懦夫。但在我心中，她是一个了不起的女人。你爸爸20年前就出轨，虽然一直没有离婚，但和别的女人生下孩子，拥有实质性的婚姻，已经涉嫌重婚罪。

　　这些年，是你妈妈一人把你们姐弟三人拉扯大，经历的困难、吃的苦、承受的流言，比你能想象的还要多。妈妈选择忍气吞声，这固然有她那代人的局限，但更重要的是她用自己的屈辱换来你们姐弟三人的抱团成长。

　　不难想象，当年单凭你妈妈一个人的努力很难抚养你们姐弟三人长大。即便能把你们拉扯大，也很难保证你们接受良好的教育。而且，一旦妈妈离婚，你们姐弟三人势必有的跟爸爸，有的跟妈妈。无论谁跟着爸爸都不会好过，因为爸爸和别的女人早已有了家。且不论后妈善良与否，这对年少的你们都是很大的伤害（事实证明那个第三者绝非善茬）。妈妈不愿你们早早辍学，也不愿你们寄人篱下，所以她知道早已留不住爸爸的心，但必须留住爸爸的钱，进而去保全自己三个孩子在稳定的环境里长大。在妈妈这样的策略下，你大学毕业，结婚生子，弟弟、妹妹也即将学业有成。这时候妈妈才和爸爸离婚。

为什么？因为妈妈知道，身为母亲，她的养育使命已经完成，接下来她要对自己负责。所以当你出轨 20 年的父亲提出复婚时，一向宽容忍耐的妈妈才表现得这么坚决：要不是他是你们的爸爸，我早就撕破他的脸了，让他从我身边滚开！

姑娘，不要怪妈妈性情大变。她过往所有的忍耐，是因为她毫无保留地爱你们；她今天所有的决绝，是因为她终于有机会去爱自己。所以在复婚与否这件事上，你们姐弟谁也没有发言权，唯有妈妈才有资格说"同意"或"不同意"。

你们不能在爸爸的要挟下去充当说客。你们要尊重妈妈的意见，然后甩给你爸爸这么一句话：当年，你出轨离开家时，并没有考虑我们的感受；如今，你想和妈妈复婚，我们也没有必要给你当参谋。

回不回家，爸爸都罪有应得

亲情之间的最大问题，就是几乎每个人都会被血缘勒索。

和你妈妈离婚后，你爸爸原本以为他的情人和小儿子会给他一个圆满的家。结果，或许因为嫌弃他年事已高，或许因为他财源将尽，还可能是在日复一日的吵闹中，那个情人也看透了他并非一个值得托付的人。所以，带上他的钱，留下他的儿，那个尚且年轻的情人就奔赴自己的美好生活了。

这一出无疑对你爸爸是致命一击——丢了老婆，也跑了情人。加之在他们争吵中长大的小儿子，因为从小戴着私生子的帽子，遭受嘲讽和白眼，到了叛逆的青春期后，整天扬言"我长大了也去找妈妈，不会在这里"，这更加剧了你父亲的恐慌。曾被两个女人争来争去的他眼看着被两个女人都抛弃，才回过头来看见孝顺可控的你们姐弟三人。

过去20年里，妈妈的忍耐和宽容无疑影响了你们姐弟三人的性格，让你们善良有余、果敢不足。

你们那作妖的父亲正是看准了这一点，才捏着你们的"七寸"去威胁你们的妈妈，让你们迷失在"他是爸爸"的血缘里而拎不清何去何从。

你们要强硬一点，不参与他的烂事，不充当他的帮凶，然后有理有据地告诉他：爸爸，我们知道你老来失恋，非常难过，但抱歉，在我们看来，这是你罪有应得。你最大的恐慌是如果妈妈不和你复婚，你老了就没人管你吧。你放心，不管是从法律上，还是从血缘上，我们都会管你的。你要是老了、病了、瘫了，我们会出钱请保姆好好照顾你的。所以你就不要再让妈妈和你复婚了。她这一辈子够苦了。

我相信，只要你们姐弟三人狠下心来，团结一心、口径一致，你那作妖的老父亲也会渐渐消停。

恶人为什么这么恶？因为好人太软弱。

不管是面对亲人，还是面对陌生人，每个人都应该学的第一课是，没有金刚之怒，不见菩萨慈悲。

这是理性的善良，也是因果的惩戒。

接不接受，都要超越原罪

个体心理学之父阿德勒说："幸运的人一生都被童年治愈，不幸的人一生都在治愈童年。"

你们姐弟三人好不容易长大成人，如今仍被原生家庭那个糟糕的爹消耗。他在你们童年时出走和背叛，在你们成长中带来伤痛和流言，在你们长大后又继续控制和勒索。

我想，你们姐弟肯定都为之伤心过、抱怨过、憎恨过，直到今天还挣扎、流泪、恼火。

人生的可悲之处，就是我们无法选择什么人当父母。但人生的幸运之处，是我们可以赋予自己智慧和能量。

原生家庭犹如一个茧。弱小懦弱的人，只能当这茧里的一个蛹，被捆绑束缚，被打压伤害；而奋力向前的人，最终会成为挣脱茧的一只蝶，无畏悲伤，展翅飞翔。

糟糕的原生家庭就是原罪。但唯一救赎我们的还是自己。谁都无法选择自己的原生家庭。但是，亲爱的，你站立的地方就是

你孩子的原生家庭。

　　所以，请勇敢地往前走。走过七里山路、五里险滩，再翻过三座危桥、一道丘陵，你将来到一个春花绚烂、秋叶金黄的平原。在那里，你终将和勇敢真实的自己相遇，牵手相濡以沫的爱人，目送灵魂舒展的孩子，走向远方。

离婚不离家
人间最疼的尴尬

娜姐：

我刚从派出所出来，这会儿气得浑身直哆嗦。我被人打了，打我的人是前夫的小女朋友。我长到 31 岁，还没有和人打过架，这次竟然当街被人打。

我和前夫 2018 年年底离的婚。离婚的原因是他懒、不讲卫生、大男子主义、撒谎成性，还因沉迷网络赌博背负 30 多万元网贷。我再怎么努力也填补不了他这个无底洞，就提出离婚。他一开始不同意，下跪流泪，自扇耳光，让他爹妈卖房帮他把债还了，求我好好和他过日子。

我还是坚持离婚，原因有二：第一，我们结婚七年，他深入骨髓的懒惰让我已绝望，就算没有赌博这件事，我也早就有了 100 次离婚的念头；第二，我经常看你的文章，知道赌博这种瘾不是说改就能改的，我不想头顶天天悬把剑，过提心吊胆的日子。

后来，经我一再坚持，我们离婚了，房子和孩子归我，车子归他，为了孩子，离婚不离家。

我之所以同意这个方案，一是觉得孩子可怜，如果离婚后爸爸还能经常陪伴小朋友，应该是好的；二是内心可能也觉得有愧于他，虽然他后来变成了混蛋，但当年我们也爱过，房子也是他买的，他同意把房子给我，我记得他的好。

离婚后，除了我最要好的两个闺密，我没有告诉任何人，包括我千里之外的父母。所以，这两年我也就不存在谈恋爱找男朋友的事。我从事建筑设计，上班之余还做兼职，只想着多赚些钱，给孩子更好的教育。

去年秋天，他谈了一个女朋友，1997 年才出生的小女孩，在步行街做美甲。我之所以知道，是因为从那以后他时常夜不归宿，孩子老问爸爸去哪儿了，他和我说了。我竟然有点失落，但想到我们已经离婚，他恋爱再婚也是必然的事，就接受了事实，并和他统一口径：他不回来住，就和孩子打电话说他出差了。

我不清楚他恋爱谈得怎么样。只知道从今年 6 月开始，他的小女朋友老是给我打电话，说我们已经离婚了，我为什么还要和他住在一起，为什么还拿孩子绑架他。我一听气就不打一处来：房子是我的，孩子是我的，他没有地方住，非要赖在我家不走，怎么成了我不放过他？

我不想和一个外人解释，就问前夫这到底是怎么回事。前夫说，他和小女友差距太大，几次提出分手，小女友不同意，他就骗她说为了孩子，他要和我复婚。

我一听就火了："谁要复婚，赶紧搬出去，少连累我。"

前夫不搬，说一定要和小女友分了，不准她再纠缠我。

7月，那个女孩又给我打过几次电话，我因为工作的事忙得不可开交，懒得和她解释，就把她的联系方式拉黑了。

谁知道今天我下班回来，刚走到门口，就有一个女人迎面走来，又是扇我耳光又是撕我衣裳，还骂我是"占着茅坑不拉屎的第三者"。

我一下子蒙了，缓过神来才知道她是前夫的小女友，赶紧报了警。我前夫也来了，当着警察的面要打她。

我真是崩溃了。我摊上的这都是什么事啊？我怎么就这么倒霉呢？和前夫离婚两年了，竟然被前夫的女友打，我造了什么孽？就因为离婚不离家吗？

回到家，孩子看见我脸上的伤和衣服上的口子问我怎么了，我骗孩子说："妈妈骑电动车摔倒了。"孩子又是给我拿创可贴，又是给我拿冰西瓜，心疼地责怪我："妈妈，你怎么这么不小心呢？以后我怎么放心你一个人出门呢？"我也不知道怎么了，竟抱着孩子哇哇大哭起来：他已经6岁了，还不知道父母已经离婚。

娜姐，我这会儿心乱得很，语无伦次，愤怒和耻辱、委屈和难过交织心头，又没有可倾诉的人。

深夜给你发这么长的信息，不知是否打扰你。

见谅。

感谢信赖。

我朋友的孩子是初二的学生，长相清秀，成绩极好，近来却跌落抑郁的黑洞。孩子的病根大都在家庭：父母离婚多年，一直瞒着她。她有所察觉，又不愿相信。直到有一天，同学过生日，一帮少男少女去饭馆聚餐。推开门，她就撞见了自己的父亲抱着一个陌生的小婴儿，和一个陌生的女人坐在大厅吃饭。她跑过去质问，却被父亲的少妻呛声："你爸早就离婚了，就是因为你才和你妈生活在一起。"

从那儿以后她就病了。她不明白，明明已经离婚的父母为什么还要生活在一起，真的仅仅是为了她好吗；她想不通，自己最信赖的父亲已经和别的女人生了孩子竟然还对她说"我就你一个孩子，你是我最爱的女儿"；她甚至不理解妈妈知道爸爸已经有了新家，为什么还要在她放学回来的每个周末和爸爸假装恩爱。

"太虚伪了。"女孩说，"他们俩破坏了我对爱情的所有信念。"

也就是在那一刻，我看着眼前正拔节生长却得不到阳光的少女，想到我微信里几乎每周都会收到的那些关于离婚不离家的故事，进而想到一句话：

这世上最疼的谎话，大概就是离婚不离家。

离婚不离家，成年男女疼痛的尴尬

20 岁或 30 岁时，我无意中得知身边的熟人离婚了，但仍和前夫或前妻生活在同一个屋檐下，嘴上不说，心里也满是鄙夷的：真是好面子。离婚就是离婚，为什么不干干脆脆、清清爽爽、一干二净？

但如今我即将迈入 40 岁，也有幸听了不少故事，越来越明白一个道理：夫妻之间，或者说曾为夫妻的成年男女之间，不是非爱即恨、非合即分、非此即彼的。他们之间的感情，是立体丰富、斑驳交织、错落咬合的。特别是有了孩子后，他们哪怕离了婚，切断了夫妻关系，依然有着情感连接。

你和前夫离婚，憎恨他的种种陋习和顽疾，但最终还是收留他，给他在这座城市留一个安身之地，以配合他演戏的方式避免流言蜚语，守护孩子成长。他和你离婚，做过很多伤害你的事情，但最后的关头还是选择大方，没有因为房子和孩子抚养权与你死磕到底，而是后退一步。你们的婚姻，千疮百孔、伤痕累累；但你们的情感，互相成全、深深交织。你们选择了离婚不离家，不管是为了脸面，为了孩子，还是为了其他，但内心深处其实都存留着"一日夫妻百日恩"的善意。

很多人会嘲笑离婚不离家这种"后婚姻模式"：猥琐、暧昧、尴尬、苟且。而我却常常从这种"不够爽"的相处之道里体会到成年男女的不易：洒脱，往往是影视作品的演绎；妥协，才是现实生活的实相。

那些离婚不离家的男女是虚伪的、懦弱的、不够利索爽快的，但他们也是有苦衷的、有疼痛的、怀慈悲的。

那么，仅仅因为看见这一点就代表离婚不离家是值得提倡的吗？

抱歉，仅就我个人的观察来说，离婚不离家是弊大于利的。

离婚不离家，女人们受伤最大

在回复你之前，我查了当年 4 月以来关于离婚不离家的倾诉数据，23 名和你同病相怜的倾诉者均为女性。

当然，这不排除女性天性敏感脆弱，喜欢反思诉说，但从她们大同小异的遭遇中可以看出如下共性：

离婚不离家，让前妻们依然扮演着妻子的角色，包括给前夫洗衣做饭、偿还债务、迎来送往等。

过度的付出，让前妻们在惯性和依赖中，依然把自己和前夫捆绑于一体。哪怕前夫已经有了新的伴侣，她们依然像舍不得放手的老母鸡一样，没有边界地干涉参与。

离婚不离家，可以让前夫们在事业和人际关系上一边坐享家庭圆满的福利，一边尝试其他亲密关系。前妻们却在忙碌和妇道中独守空房，或者在期待和幻想中活成笑话。

待前妻们醒悟，决定结束这种畸形关系时，往往年龄已大、容颜已老，在对离异女性极其苛刻的"二婚市场"很难再遇到良人。

这就意味着，离婚不离家的模式让在家庭中付出偏多的女人受伤最深。

你和前夫离婚后，为了给孩子更好的生活，干着两份工作，拼命挣钱养家，连谈恋爱的时间都没有。也许离婚不离家让你也在错觉中认为你还有个看似完整的家，无法当着前夫和孩子的面开始一段崭新的关系。

而你的前夫不同。他谈了小女友，甚至在生厌后准备甩掉她时拿你当挡箭牌，让你在被误解中当街被暴打。他这么做当然不厚道，但他的行为却揭露了离婚不离家的某些男人进可攻退可守的骑墙心理：想开始新恋情时，就暗示前妻"咱们已经离婚了，你管不到我"；想甩掉外面的女人时，就把前妻拉出来当借口——"孩子他妈不同意，我必须离开你"。

你被前夫的小女友殴打，固然是那孩子太冲动幼稚——垃圾一样的男人，她还当宝，还不分手，真是可笑又可悲。但这里面也可能有你前夫添油加醋的欺骗，包括且不限于为增加自我魅力，在小女友面前夸大你对他多么不舍，造成虚假信息不对称，让你被误会成拆散他们的第三者。

你的这场挨打看似无辜，其实也是为自己的愚善买单——离婚不离家，这种边界不清的关系最终还是反噬了你。

其实离婚不离家的弊端远远不止于此。

离婚不离家，早晚是孩子心头的疤

　　孩子是家庭内部关系的展现者，也是父母亲密关系的观察家。

　　很多时候，自以为聪明的大人通过种种看似完美的说辞和演技欺骗孩子，殊不知孩子早已知道了真相，只是怕父母太伤心不忍说穿罢了。

　　我文章开头提到的那个少女，她早已察觉父母关系异样，甚至多次撞见妈妈偷偷哭泣，通过电脑和手机还发现了爸爸和其他女人的亲密合影，但她始终活在"不愿拆穿父母"的冲突里。她期待有一天，父母能像真正的成年人一样，开诚布公地告诉她到底发生了什么。还没有等到这一天，她却在同学们的围观中撞见了父亲的秘密。她在无法接受中跌落黑洞，一同破碎的还有她对父母的信赖。

　　我也是妈妈，10年的实战养育总在提醒我：孩子比我们预见的通情达理，也比我们想象的善良宽容；但是如果他知道自己一直活在谎言和欺骗里，也会比我们想象的脆弱难过。

　　离婚的父母要在合适的节点告诉孩子真相。你家孩子如今6岁了，不如趁这次事件告诉他妈妈和爸爸已分开的事实，然后理直气壮地让前夫搬出去租房子住。至于他和小女友是分是合，他还会不会赌博欠债，能不能浪子回头，就看他自己的修行和造化，本质上和你已经无关。

　　空间距离的拉大有助于捍卫彼此的边界，更有助于维护你的清白。你才31岁，如果遇到好的男人和情感，值得重新开始。离婚不离家，和前夫纠缠在一起，反而让你在被看不起中错过许多年华和良人。

只要面对孩子，不妖魔化前夫，用平和的情绪和坚实的脚步告诉那个小人儿"妈妈爱你，是你的爱让妈妈更加努力、更加美丽"，而不是用"因为你，爸爸、妈妈才离婚不离家"让孩子懂事后活在沉重的负罪感里。

单亲妈妈培养出优秀懂事孩子的实例比比皆是。妈妈活出了自己的样子，孩子就能看见榜样的力量。

有朝一日，他步入美好斑斓的青春，遇到中意的爱人，谈起生动的爱恋，走进婚姻的围城，他会从爸爸和妈妈的故事里知道：爱，会长久，也会消亡；婚姻，会固若金汤，也会瓦解坍塌；夫妻，会白首偕老，也会一别两宽。

但面对婚恋中的种种问题，我们如实如是的边界、有爱有度的选择会让事情有不一样的结局。

加油！

职场虐恋

爱上男领导

娜姐：

见字如面。

我生于 20 世纪 80 年代末，还有一个小我两岁的妹妹。我成长在一个幸福的家庭，家境良好、衣食无忧。我从学生时代就不缺乏追求者，青春期叛逆，我有过一次不成功的初恋。因为这段感情的不顺，我遭遇了人生的第一次滑铁卢——高考失利，最终成为二本院校的学生。这样的际遇也激发了我触底反弹的勇气。整个大学阶段我拼命证明自己，发奋努力，成绩优秀，金光闪闪。直到有一天，遇到我现在的爱人。他沉默寡言但内心细腻，在我所有追求者里他是最普通的那一个，也是最坚定持久，给我笃定的安全感的那一个。出身寒门的他为了给我更好的生活，在校期间就兼职创业。毕业时，我同时考取了老家的公务员和一线城市名牌大学的研究生。不知如何抉择时，是他让我去飞，去追逐自己的梦想。读研究生的三年时间里，我们一直谈着异地恋。在精英如云的高校里，我身边随便哪个追求者似乎都比他优秀，但我们始终相爱如初。研究生毕业后，我又以优秀的成绩考上了一线城市的公务员。工作一年后，我们结婚，生下一个可爱的儿子。但由于他事业的局限，婚后我们仍是异地，他偶尔才能来我这里和孩子团聚。

去年，因工作机缘我认识了一位领导。他为人强势、能力出众、有口皆碑，又潇洒英俊。他要了我的微信，偶尔聊天，邀我吃饭。因为我们有工作联系，他又是领导，我并未多想，直到有次一起吃饭后，我们在山间散步时他突然拥抱了我，我严词拒绝，他才没有进一步举动。但那天的山风、一起聊的诗词、谈的人生，以及猝不及防地被紧紧拥抱的窒息，都扎根在了我心里。这一年，因为工作关系，我们在各种工作场合见过几次面，只是礼节性地握手问好。后来，我又一次鬼使神差地请他吃了饭，算是答谢他给我们单位工作上帮的忙。他提出饭后喝茶，我毫无防备就去了。去了才发现，他带我去的所谓茶室是他的另一个居所。后面的事情完全超出了我的控制和想象。他软硬兼施地占有了我，让我无可救药地沦陷，当我回过神来时错误已经酿成，我追悔莫及。

人生的前 30 多年，我一直自诩活得独立坦荡、干净纯粹，这也是我可以骄傲立世的底气。但现在我背叛了我的爱人和家庭，背叛了我从小接受的教育，背叛了我的人生信条。我想要及时止损，却仿佛越陷越深。从那天开始，他每天嘘寒问暖、言语体贴，但所有聊天最终都归于要和我见面，然后把我带到他的茶室……书上说，这一生遇到爱、遇到性，都不稀罕，稀罕的是遇到了解。

我曾问他，到底是喜欢我所以想和我见面，还是因为喜欢和我见面后我们做的事，所以非要和我见面。他说："因为喜欢你这个人，所以才喜欢和你在一起做的事情。我这个年纪这个身份，早过了为解决性去撩拨一个女孩的时候。"

我越陷越深，知道我们绝不可能在一起。只是每次见面时，他也会表现出真实甚至是脆弱和卑微的一面。而在微信聊天时，不知是因为他工作涉密，还是他自我保护意识强，他发的文字都很谨慎，偶尔发一两句露骨的话都会马上撤回。

我曾尝试坦诚面对自己的内心，为自己寻找一个理由：在偌大的城市一个人独自打拼，工作正处于最艰难的一个阶段，爱人忙于事业无暇顾及周全我的心情，这时来自一个有阅历、有资历、有情趣又出色的男人的关怀，也许是恰逢其时吧，哪怕他比我大10岁。但我们彼此都有家庭，我一步踏错却成为以前我最痛恨、鄙夷的那种人，且沉迷其中无法自拔。

我确定，我依旧深爱我的爱人，深爱我的孩子和家庭，也在一直坚持努力工作。但私下里做了如此龌龊的事情，我不知如何自救。我从老家小城一路走来，始终咬紧牙关，从未依靠或求助他人。萍水相逢，我对他更无所求，如果说有，那也只是不要伤害我，不要欺骗我而已。但我似乎又狠不下心来彻底不见他……

身边人都说我是有主见的女子。但此刻，我的感性与理性、欲望与道德始终在对抗和纠缠。

感谢信赖。

这几年，所谓的文化名人和社会精英因为婚外情身败名裂的不在少数。这也告诉我们一个道理：

男女之间那点事有多大？大到可以引发一场特洛伊战争，改变一段历史的走向，可以撂倒一批金字塔尖的权贵，引发一场血腥的政变。

男女之间那点事有多小？小到可以 5 分钟解决一次饥渴，然后走人，神不知鬼不觉；也可以 10 分钟搞定一场交易，关上门数钱，仿佛一切都未发生。

知道了男女之间那点事的轻重，我们再来谈你的问题。

被宠爱的那一个，总是有恃无恐

看你的来信，我一直都在替你丈夫感到难过。他才是最爱你的人。出身寒门的他为了能配得上你，从大学时就开始创业。更难得的是，在大是大非上他总是有着超越很多男人的大格局。

他不知道送你去名校读研究生，就等于把你送到才子佳人聚集地，增加自己失算的风险吗？他不知道支持优秀的你留在一线城市工作，就等于让自己自处低下，更加被动吗？

他当然知道。但他更知道爱一个人就是放手，就是成全，就是心甘情愿看她越飞越高、越来越好，而不是把她关在笼子里当一只夜夜啼血的杜鹃。

可惜的是，你尽管知道他爱你，但并没有真正珍惜这爱的深意。更要命的是，长久以来被低姿态丈夫宠坏了的你，渐渐把这爱看得理所当然，内心里开始幻想有个高姿态的霸道男人来征服你。

一个女人，最可怕的不是没有脑子，而是这山望着那山高。就像你，结婚前看中男人的质朴和安全感，结婚后又嫌他不够霸道和强权。

我不清楚你说的这个大你 10 岁的男人是怎样规格的领导，但人外有人，所以不要把你和他的这点事上升到多高的高度，说到底不过是你自己的欲望和男人的诡计。

你用大量的篇幅表述了他怎么勾搭你，而在我看来是你一直在释放信号让他勾搭。因为作为女人，我深谙的一个道理是：男人，特别是有些权力有些地位的男人，是知道见好就收的。如果他对谁动了欲念，对方并不买账，真要拒绝，他会云淡风轻又不失优雅地适可而止；除非那个女人一再释放信号。

所以，这场情事里最先动手的是男人，但早就动心的是你自己。

每个成熟男人，都未曾饶过岁月

说句让你伤心，让所有读者开心的话：对于你，他所有的轻车熟路、欲擒故纵、谨小慎微，都是一路和女人斗智斗勇得来的经验。他第一次拥抱你，在你拒绝后，为什么冷淡你一年之久？这叫挠了你的心窝后不给你止痒药。果然，你招架不住，自己投怀送抱。他说带你去喝茶，为什么把你带到他的居所？说白了，这里就是他金屋藏娇的逍遥地，安全放心，容易销毁证据，一切都在掌控之中。他为什么在微信上说话客气得像个陌生人？因为婚外情人用微信举报的一抓一大把，但凡有点智商的男人都不会再在这里翻船。

至于他说爱你，在你面前袒露脆弱和卑微，有真的成分，也有假的表演。对于一个在商场混久了的男人来说，很多时候他自己都分不清说的话哪句是真，哪句是假。姑且听听就好了。所以，这场婚外恋，对他来说不过是习以为常的一次开小差，但对你来说却是飞蛾扑火般的执念。

出轨的女人，都以为自己是真爱

出轨的最大伤害不是暴露后的凶险，而是内心引发的那场兵荒马乱的战争。

对女人来说，出轨的最大骗局，是真爱幻觉：朝思暮想的牵挂、身体战栗的情事、怦然心动的慌乱，很容易让一个过惯了四平八稳生活的女人在身体依赖和精神洗脑中错以为这就是真爱。

"我不图他什么啊""我对他没有要求啊""我从来没让他离婚啊""我只是很爱很爱他啊"……都是这真爱幻觉的一部分——打着真爱的旗号，给自己找借口。

当这段感情延续太久，当他开始对你喜新厌旧，当他抽身而去另有新欢，当你一个人躲在角落里孤独舔伤、抑郁绝望，更多的恨就会从你心里滋生，然后反弹成一地殇、一场祸。因为，你终将发现，他压根儿就没有爱过你，这场爱自始至终都是你一个人的独角戏。

给自己时间，找到那个出口

适可而止吧，姑娘。不想用一场婚外情毁掉自己余生，那就学会给自己留条后路，尽快从这段感情里抽身。

不要迷恋哥，他只是个传说。

我没有否定他的优秀，但他的优秀离不开他妻子的成全，就像你的今天离不开你丈夫的支持一样。从办公室那张老板椅上起身，那个金光闪闪的男人和普通中年出轨男并无二致，不过是一个管不住自己欲望的家伙罢了。

不要为寂寞一次次玩火。

你们这种上下级的婚外情一旦暴露，你就是第一个被牺牲掉的那枚棋子。你一路走来，过五关斩六将、忍受两地分居，成为人中龙凤，绝不是为了消磨那点寂寞而被灰溜溜地打回老家。男女私事再大，绝对不会比自己后半生大。聪明的女人不要傻到犯浑。

允许自己反复，更要坚定走出。

婚外情最大的后遗症是反复：断了又联系了，决绝了又纠缠在一起了。如果你也如此，记得不要苛责自己，给自己一点时间。有些痛分散在撕扯的日日夜夜里，然后才会一点点清零。接纳自己、理解自己，然后才会在不抗拒中遇见脱胎换骨的自己。

善待那个站在原地等你的男人。

关于婚恋，我始终坚守的观点是：除非万不得已，尽量不要异地。

吃饭、睡觉和性事，这都是人的本能，需要及时满足。异地恋无法做到这一点，就会滋生很多问题。你和丈夫两地分居，要工作、照顾孩子，很辛苦；你丈夫一个人在另一处，成了家还像单身，也很辛苦。我的建议是让你丈夫到你生活的城市来。一方面，你在一线城市，不管是从家庭建设还是从孩子教育，到你这里来都是更好的选择；另一方面，你们靠近了，外来的力量才会变小。

不要否认时间和距离的作用，我们都是它们的产物。

最后，很想用这么一段话给这封长信结尾：上苍创造了人类，给我们眼睛去寻找爱人，给我们四肢去触摸爱情，给我们器官去交换爱欲；但也给了我们一颗心去时时保持清醒和善良，去适时收敛疯狂和欲望。

保护好你内心的那颗明珠，它才是你永世的爱人。

患病的妈妈

有病不是你的罪

娜姐：

见字如面。

深夜，坐在医院的病床上给你写信，是因为曾经看到这么一句话："凡是爱无法治愈的，药物也无能为力。"瞬间泪水就打湿了双眼。

我此刻正处于人生最艰难的时候。二宝出生一个月后被确诊为严重癫痫病，在广东权威医院治疗三个月，药物副作用明显。家人商量后，辗转上海，在另一家知名中医院寻求中医治疗。治疗差不多一年，病情趋于稳定，癫痫很少发作，但是孩子发育依然迟缓，行动能力差。我们在病友的介绍下又去了安徽，见到另一个专家。孰料，这个专家听完我们的求医经历勃然大怒，说我们简直胡闹，怎么可以带孩子看中医，白白错过了一年最佳时期，甚至直接给孩子宣判了"死刑"：将来不会说话，不能康复，要做最坏的打算。那一刻，我扑通跪在了地上，异常内疚：难道，真的是我耽误了孩子？

其实，在孩子生病的第六个月我也患上了甲状腺癌。当时孩子被确诊后，我整日以泪洗面，整宿睡不着，总是感觉上不来气，到医院检查后被确诊为甲状腺癌。从确诊到手术的半个月里，我憎恨这个世界，憎恨老天不公，甚至有过带着孩子离开这个世界的念头。所幸的是，不管是丈夫还是老人都一直在宽慰我。

6个小时的手术后，我从黑暗中睁开眼睛，看见术后第一缕阳光的瞬间就像得到神明的指点一样忽然就想开了：不仅要活下去，而且要活得好。我在那一刻接受了自己的癌症，也渐渐接受了孩子的病。我一边进行各种抗癌治疗，一边带孩子辗转各家医院。我再也没有在孩子面前哭过。我想尽一切办法在他面前笑，期待他有一天也能像正常的孩子一样，跑到我身边对我说："妈妈，我爱你。"但这次安徽求医，医生的结论再次让我跌落深渊，我内心燃起的希望之火就这样一点点在深渊里熄灭。

我和先生都来自小城市，怀揣着热情到大城市打拼，有了女儿，又有了儿子。即便儿子生病我又病倒，我们都握紧彼此的手，相信厄运会过去。

但今天，我的信念再次摇摇欲坠。

娜姐，原谅我给你写这样一封悲伤的信，希望你能给我一点力量。谢谢。

感谢信赖。

在我七八岁的时候，我妈患上了严重的肺结核。在此之前，我们那个偏僻落后的小村已有两位肺结核患者因为贫困和病重咳血而死。所以，听闻我妈患上这种病时，一家人的惊恐可想而知。我那时候去上学，每天放学就急匆匆往家赶，离家还有很远就大声喊"妈"，以这样的方式确认我妈安然无恙。

那时候，农民没有医保，也没有什么收入，我爸从不抱怨，想方设法挣钱给我妈看病。他去山西煤窑打工，去建筑工地上盖房子，在每年春天挑上一担又一担刚孵出的小鸡崽，担到远乡去卖。然后，把挣到的钱给我妈治病，供养我们读书。

我爸不仅不抱怨，而且善于苦中作乐，把他外出一路遇到的辛酸事当成笑话讲给我们听。有一年春夜，他挑着扁担卖鸡崽回来，走到一条偏僻的小路上，远远地看见前面有个黑影，很高、很长，像人，又不像人。我爸边往前走边揣摩：看体形应该是一个挑着扁担的人。所以他疾步走上去搭话："老乡，你也是卖鸡崽的吗？"但是对方并不理会他。夜色中，我爸凑上前仔细辨认才发现对方是一头驴子。在粗粝而贫困的童年，我听我爸眉飞色舞地讲过很多类似的笑话，长大后才理解这些笑话里藏着怎样的坚韧和乐观。

后来，我妈的病奇迹般地痊愈了。但常年的超负荷劳动让我爸和我妈在迈进 60 岁的门槛后又相继患病，他们躺在病床上的日子也成了我陪他们最久的日子。

聊起过去，尤其是我妈生病的那段日子，他们不约而同地表达了这样的愧疚："那时候家里穷，又有病号，你们跟着受了不少委屈。"每当这时候，我就会对他们说："不，爸爸、妈妈，不是这样的，你们已经做得足够好了。"

你做得已经够好了。这也是今天我最想对来信的你说的第一句话。

孩子生病，不是妈妈的错

"每个母亲都会犯的错，就是把孩子的病归咎于自己不够好，进而在沉重的负罪感中错失更多。"

这是《当爱遇上孤独》的作者杜佳楣老师，写她和身患孤独症的女儿的故事时自我剖析的一句话。这句话适合送给天下所有家有病孩的妈妈：孩子生病，不是妈妈的错，妈妈不必像个罪人一样活。

孩子来自母体，曾是妈妈的一部分。孩子患病，尤其是先天性疾病，尤其是重病大病，在外人指责和悲苦情绪里，妈妈最容易在负罪感中陷入自我怀疑："为什么别人家的孩子都好好的，偏偏我生的孩子有病？一定是我的错！一定是我不好！都怪我！"

但我想对所有同病相怜的妈妈说："疾病是无法控制的。患病是没有选择的。你冒着生命的危险把那个小人儿带到人间，你比任何人都希望他好。孩子的病不是妈妈的错，看不到这个常识的人才有错！"

来信的你就是把孩子的病等同于自己的错，才用负罪感去惩罚自己，觉得唯有自己去替孩子受罪内心才会得到平衡。结果，上苍果然和你开了个玩笑，让你在过度操劳和极度悲伤中患上了甲状腺癌，让你承受了比孩子更急更痛的病患才明白这个真相：孩子的病，不是妈妈的错。

不用这种错误的观念惩罚自己才是你需要看见的。

你活得好，孩子更有希望

这些年，我时不时去医院报到，也渐渐理解了那些病急乱投医的人。我想，没有过生死线上来回摇摆的经历，就没有资格去嘲笑那些在希望和失望间不停切换仍不愿放弃最后一丝希望去求医的人。

儿子生病后，你和家人没有耽误一分钟，去的每一家医院都是权威的，找的每一个专家都是知名的。不管今天孩子的情况如你感受的那样在好转，还是如安徽专家预言的那样变糟糕，你都要接受这样一个事实：你已经用最大的努力去给了孩子最好的治疗。何况中西医之间，不同流派的治疗之间，也是有很大差异的。

有时候专家也难客观，可能他表达的不一定是孩子的病情，而是对另一个流派的抵触。

关于儿子，你做得已经足够好；关于自己，你做得还不够。因为，在这段黑暗的日子里，你首先应该保全的是你自己。

最好的母爱，是先爱自己。这不是自私，而是母爱的长远之计。因为，你是这个 1 岁小人的妈妈，是他最依赖最需要的人，是关乎他康复与否的精神支柱，而你也是一个病人。不难想象，如果你病倒或病情加重，势必会延误孩子的治疗，势必让这黑暗的时光更加艰难。所以请你把关注力多向自己身上转移一些。

你要学会向身边人求助，学会把陪护儿子的重担和家人分担，学会照顾自己的健康和情绪，学会忙里偷闲地锻炼身体，学会在黑暗中露出笑容。其实唯有你从"我有罪，我不该快乐"的枷锁里解放出来，在治疗锻炼中保全健康，那个孩子才更有可能跑向你，喊出那句"妈妈，我爱你"。

你的爱和能量，是救赎孩子的最强磁场。

病患的最终归宿，是爱

孩子有病，自己患病，在经济和精神的双重压力下，你和爱人不离不弃、相互陪伴、给对方打气，撑起一个家。仅仅这一点上，你们已经超过了很多夫妻和父母。我想，看到这封信的所有人都会为你们一家人祈福。这是因为每个和病患斗争的家庭都该获得善意。

　　如果最后你尽了力，孩子的情况还是不如所愿，希望你能接受。因为，你身患疾病，还有一个健康的孩子，这个家也需要向前走。

　　其实，所有病患最终的结局并不只是好了或没好，还有在一路陪同中我们给予对方怎样的陪伴和安慰。

　　这封长信的最后，很想和你分享另一个病号的故事。

　　100 多年前，在美国有个结核病患者叫特鲁多。那个年代肺结核被视为不治之症。为度过人生最后的时光，特鲁多远离都市，来到人烟稀少的萨拉纳克湖畔爬山打猎，放松休闲。渐渐地，他发现自己的体力在逐渐恢复，他就继续学业又取得了博士学位。后来他干脆在萨拉纳克湖畔创建了一所结核病大学，并成为美国分离出结核杆菌的第一人。1915 年，特鲁多医生以 82 岁高龄去世。虽然夺走他性命的依然是结核病，但他创造了那个年代这类患者的长寿纪录。弥留之际，特鲁多嘱咐身边人在他的墓碑上刻下这么一句话：有时治愈，常常帮助，总是安慰。

　　是的。治愈，靠医学和运气；帮助，靠他人和给予；唯独安慰，对自己的接纳和认可、对亲人的体恤和陪伴，是最容易也最无价的真诚。它犹如阳光，穿透黑暗；它像希望，驱走绝望。它是一个拼尽全力的母亲，能从怀里掏给孩子最后的食粮。而这食粮，会带来温暖，会创造奇迹，会告诉人们什么是母爱的立场和光芒。

　　愿这样的安慰，给你和孩子带去好运。

　　加油！

生活仪式感
不必向男人乞讨爱

娜姐:

　　你好。

　　今天是我 33 岁的生日。有人说，30 岁是女人最好的年纪。在外人看来我应该而且必须是幸福的：有体面的工作、可靠的丈夫、可爱的孩子。此刻我坐在电脑前，心中却有许多惆怅不足为外人道。这种情绪在之前的婚姻生活中有过很多次，慢慢被生活的琐碎掩盖，但是今天我不想再去无视它。

　　我出生在一个幸福的家庭，父母都有着稳定的工作，我是独生女，享受了父母所有的宠爱。老公是从农村家庭出来的孩子，是家中长子。当时谈恋爱，我欣赏他的踏实不张扬，所有见过他的人都会给他贴上老实人的标签。他家里条件不好，我和我的父母都没有把经济条件作为主要考虑因素。在外人看来，我老公是标准的好丈夫，不抽烟、不喝酒、不打牌，脾气好还能做家务。就是这样一个好人让我越来越觉得纠结和不安。

　　说说最近发生的两件事吧。

　　第一件事，今年是我们结婚的第7年，自从结婚后，任何节日我从来没有收到过惊喜。在33岁生日前一周，尽管我明示暗示多次，还是没有收到任何礼物。对此我之前也跟他沟通过多次，我并不在意他送什么，哪怕只有一句话，只是希望能感受到他的心意，能把这一天和其他普通的每一天有所区别。他告诉我，他家人从不过生日和一些节日，他没有这习惯（事实上他们家对一些传统节日特别注重）。我们家是比较注重仪式感的家庭，我结婚前的每个生日父母都会为我庆祝。我妈妈刚才还问我吃到蛋糕和长寿面没有，我骗她说吃了。我想我以后不会再对他有这方面的期待了，毕竟没有希望就不会失望，可是扪心自问，我不确定我是不是真的甘心这样过一辈子。

　　第二件事，结婚前他曾说婚后让我管钱（那时候他根本没什么钱），在共同努力和我父母的支持下买了房子、车子后，家里没有什么大头支出，我们就各自管各自的钱，家中开销都是一起分担。前不久我无意间问他买了多少理财产品，他说不多就几万元。过了几天我看到他的理财账户远多于他告诉我的数目（之前我从来没有查过他账）。我内心有些不快，觉得他不信任我，但很快就过去了，我自己不缺钱花。前几天我亲戚遇到突发状况急需用钱，因为支付宝每天有转账限额，所以我让老公先帮我转过去3万元。转完我就问怎么还他，现金还是银行卡。他开始说不急，后来我就想逗逗他，说不如我帮你保管吧。他开始急了，不停催我还钱。我把钱转给他后越想越不舒服，想到我父母为我们小家的付出，想到他很少主动给我买东西，越想越委屈，情不自禁对着他哭诉。谁知道他大发雷霆，说我就是想把他捏在手里，不给他自由，还说我故意找碴儿。他一度情绪很激动，摔东西打自己，让我感觉真的是我做错了，委屈的好像是他。事后，我也反思了，这件事本来他帮忙转账没有犹豫，我应该感谢他，而不是借此要挟，毕竟一码归一码。但是他的态度和情绪让我害怕。

说实话，7 年婚姻我们有过不少争吵，但是真正让我动离婚念头的时候并不多。我也知道人无完人，我自己也有很多缺点。一个我敬佩的大姐说，在她 20 多年的婚姻历程中有过至少 50 次离婚的念头，然而也过到了现在。一个离婚又再婚的朋友告诉我，不到万不得已千万别离婚。我自问一直在努力做一个人格独立、经济独立的女性，现如今却因为得不到男人的宠爱而烦恼，想想觉得很讽刺。

放眼望去，多少写给女性的文章都在鼓励女人要爱自己，不要把幸福建立在男人身上。但是独立的女人就一定能获得幸福的婚姻吗？

朋友说，看看周围，多少人过得不如你，多少人的老公还不如你老公。难道我真的要去和别人比惨才能换来安心吗？

必须回复你这封信。

第一，很久没有读到这么清爽高级的来信了。阅读你的信，就像面前坐着一个衣装整洁、面容清秀的女子。这让人心生愉悦。

第二，你极力掩藏又满纸流淌的委屈，道出了婚姻中自己明明很棒却越过越差的女人的误区。这个值得细说。

渴望得到丈夫礼物的妻子有错吗？

我们都曾是小孩子，我们也都成了母亲。

我们小时候收到父母送的礼物，比如一件新衣服、一个新文具，甚至一个廉价的蝴蝶结，都会开心好几天。我们成为父母后，向孩子表达爱时，会带他去吃大餐，给他买玩具，甚至不嫌麻烦地跋山涉水带他去旅行。感受到我们这种爱的表达后，孩子也会一蹦三尺高，眼睛里放出被满足的喜悦。

为什么？因为爱就是想给予，想为对方改变，想给对方做点什么，想让对方觉得自己配爱，想看见对方因为这爱变得自信满满、明媚快乐。所有爱的内核都是一样的，伴侣需要的爱和孩童需要的爱并无本质不同。非常遗憾的是，步入婚姻后很多大人不具备或丧失了爱的能力。

生日时希望听到丈夫的祝福，结婚纪念日希望得到丈夫的礼物，节假日希望收到丈夫的红包……这不过是一个正常妻子的正常心理，需求正当，应被满足。哪怕没有昂贵礼物，不用费钱费时，早晨起来给一个拥抱，用纸片写几句朴素的话，爱人也会感到被爱。什么"我不懂浪漫""我们家原来就不在乎这个""老夫老妻了还过什么生日"……说白了，这除了证明说这话的人不懂爱、不可爱，还证明他是个懒得表达爱的自私鬼。

你们的婚姻中，你丈夫吝啬的爱还有着更深层的问题。

一个看似劳模的男人有什么恶意？

门当户对在婚姻中特别重要。但需要吃过很多亏，才能真正理解这句话。

你的独立自持，你的善解人意，你站在对方角度考虑的谦卑，还有遇到问题去沟通去解决的能力，和你的家教有着密不可分的关系；他的沉默低调，他的老实靠谱，他的抠搜吝啬、不解风情，包括他遇到问题时勃然大怒的失控和自伤，都和他的成长经历有着千丝万缕的联系。这些问题在你们热恋甚至婚姻之初就像穿了隐身衣一样潜伏着；一旦结婚，生活具体到吃喝拉撒，它们就会一一显现，甚至在日复一日的繁忙焦虑和情绪喂养中，从小如针尖的麦芒变成宛如刀剑的利器。

　　因为吃过穷的苦，不少男人把钱看得特别重。哪怕后来不缺钱了，安全感匮乏的他们仍喜欢把钱死死攥在手里，不愿给妻儿花，自己也不会乱花。如果他们的妻子各方面都更优秀，或者条件好的岳父、岳母不自觉表现出的优越感让他们感到寄人篱下，身处低位的他们还会在极度自卑和仇视中认为自尊受辱，变得敏感异常，甚至做出偏激乃至可怕的举动来。

　　就像你的丈夫，所有人都觉得他老实、宽厚、温煦，唯有你清楚，他把所有冷漠和薄情都给了你。

单靠一个人的努力能幸福吗？

　　说实话，读你的信我有些心疼——来信的开头，你过分懂事的谦逊让我心疼；来信的内容，你一直乞爱的姿态让我心疼；来信的末尾，你不奢望回信的自欺又让我心疼。

　　正是这种种的心疼，让我看见7年婚姻中看似劳模的丈夫给你带来的最深伤害。他看似人畜无害，却用7年的漠视一遍遍给你强化这样的认知："我不配得到礼物，我不配得到回馈，我不配得到认同，我不配得到安慰，我不配……"

　　最糟糕的伴侣不是出轨，而是用逃避和冷漠一遍遍在对方耳边念"你不配"，让那个原本很棒的女人在"求求你，爱我"的乞讨中活得越来越卑微：这才是婚姻中最痛的伤，也是我选择回复你的深意——亲爱的，你配。你配得到礼物，你配得到回应，你配得到认同，你配得到美好的一切。

但仅仅有这种认知是不够的。没有转化为行动的认知，充其量只是道理。就像你说的，多少文章都在鼓吹女性的独立和强大，但是独立强大后的女人就一定能幸福吗？

不是这样的。

婚姻是两个人的城堡，不是一个人的独角戏，如果对方是扶不上墙的烂泥，你就是再好的泥瓦匠充其量也只能建座空城。所以，步入婚姻的人应该秉持的常识是：不是我们足够好就一定能幸福。如果我们足够努力也没有得到幸福，那就尽量学会在残缺中自给自足。

具体到你和丈夫的关系里，你不要再求他爱你，而是要反其道行之。你不给我买礼物，我自己买；你不给我过生日，我和孩子一起开心地过；你不表达爱我，我经常表达爱自己；你把钱看得很重，我借了你的钱第一时间甩给你："搂着钱睡觉吧，小气鬼！"

最重要的是当你像父母那样通过爱的仪式经营生活，你的孩子将在耳濡目染中学会表达爱、证明爱、拥抱爱，而不再是他爸爸的翻版。

他若还有救，会在你的爱和感染中反思，用行动挣脱原生家庭套在他身上的厚茧，加入你和孩子的爱和仪式里；他若无药可救，你不再自讨没趣，却也教育了孩子、满足了自己，何乐而不为！

最后，很想和你分享这样一段话：

好女人渴望爱，但她不会一味跪在地上向男人乞讨爱，而是站起来在残缺中勇敢地向生活展示爱。好婚姻不比惨，也不必从别人的糟糕中获得安全感，而是向内看，温柔又坚韧地做到"我说了算"。

加油！

婆媳矛盾
学会给亲情估价

娜姐：

见字如面。非常抱歉，和你分享不开心的家事。

承蒙父母照顾，我的生活一直很幸福。从毕业到结婚生子，我一直和父母住，他们承担了几乎所有的家务，儿子是他们一手帮忙带大的，我和老公只要把自己的工作做好就行。我父母对我们从没有任何要求，无怨无悔。

前年下半年，大宝已7岁，我又怀孕了，再三考虑决定把这个孩子留下。怀孕期间，我母亲患上了阿尔茨海默病，发展得很快，到我入院生娃时她已认不清从家到医院的路。孩子满月后，我从月子中心出来，婆婆来帮助带孙子。我必须和父母分开住：母亲已无法自理，父亲需要照顾母亲。父母就我一个孩子，我很担心，就让他们住到离我们家很近的一套小居室，是我儿子的学区房，也是原计划给婆婆住的。这样，我父母还常来我家帮忙。产假后我去上班，老公说找人带小孩。我不放心，建议找人做家务，奶奶看孩子。矛盾就此爆发。

　　说到这里，需要介绍我和老公两人的原生家庭。我家是本地的，二线省城，父母和我本人都在国企，父亲是中层领导，母亲是工程师，我做财务工作。我和老公是相亲认识的，他于大学毕业后留在了我们这里。他家是农村的，父母祖辈都是农民，老家偏僻贫穷，他是村里第一个大学生。之前他也很少和我提及他的家人亲戚，婚前我去过他老家一次，知道他家境不好，觉得没什么大不了，不过是给钱贴补父母。我的不少亲戚反对我们交往，但我爸妈尊重我的意见，觉得亲家只要淳朴、讲道理就行。

　　领结婚证的第二天，老公就说要接父母来省城，我提醒他当初说过不和父母住一起。他又坚持让父母住他单位的房子，我随后妥协。其实，凭借我的条件，在我们大院随便找一个都比他家条件好数十倍。之所以选择他，就是想着他是外地的，不用和父母离得太近。

　　结婚十几年，我很少和婆婆相处，只是节假日回去看她。所以，这次婆婆来后，我的三观彻底颠覆。她什么都要按她的那一套，60岁了大字不识一个（我爷奶90多岁还上过私塾，我父母70多岁都是大专文化），总想把农村那套封建落后的东西全部照搬我家。具体表现为：第一，她邀请老家的人来从来不和我打招呼。这个房子里的一针一线都是我们自己挣的，为什么我没有知情权？第二，我生了个女儿，老公要去九华山还愿，她说生一个丫头还什么愿。她还和我说，在他们老家，女孩很低贱，是不能上学的。第三，我不和她说话，她觉得我冷落她，说多了，她又和我老公说我爱套她的话。第四，为小孩子做一点事情，就要念叨好几天，我父母帮我们带了 9 年的孩子，从没说过什么。第五，她一把年纪了，谎话连篇，编造我没说过的话给我老公听，搞得我老公对我意见特别大。

娜姐，婆婆进城这些年吃穿住行都是我们负担，这个我不说什么。关键是我在单位工作压力也很大，回到家里还要看她的各种表演，真的心累。如今我感觉自己嫁给我老公就像掉进坑里了，现在孩子小又没办法，爬都没法爬出来。我和老公交流，他总是应付。自从婆婆来了以后，我觉得老公变了很多，越来越像他妈妈，爱撒谎、极度自私、好斗、自卑又心虚、工于心计，对我父母也不好，快一年了没主动给我爸妈打过一个电话。想想当初，我最看重老公有责任心、有担当、孝顺父母，可现在他身上这些品质越来越少，还是如今他不想再装了？

现在，我母亲身体不好我帮不上忙，全指望父亲照顾，两个孩子都小，我工作压力也大，婆婆和老公又这样添乱，我整个人都抑郁了。

娜姐，非常抱歉，啰里啰唆和你说这么多。期待收到你的来信，也希望你能给我分析分析该如何处理这些麻烦。

感谢。

谢谢你的信赖，回信之前，先讲个小故事。

20 世纪 30 年代，美国遭遇经济危机。有个开齿轮厂的小企业主叫克林顿，为了避免工厂倒闭，走投无路的他写信向与他合作过的朋友和客户求助。因他诚信厚道，朋友很多，就写了很多信。不幸的是，信写好后，克林顿发现自己连买邮票的现金都没有。

这让他很沮丧：他买不起邮票，他的客户和朋友们可能也买不起，那就无法给他回信。

为了支付邮费，他回到家里变卖了一些家产，然后在每封信中都附上 2 美元作为朋友们回信的邮票钱。收到他的信后，朋友们很是感动：当时的 2 美元不仅能买到邮票，还能帮一些人救急。

大家纷纷给他回信，想办法、出主意、提供帮助。很快克林顿收到了订单，生意也有了起色，最终度过了那场经济危机。

这个故事告诉我们：很多时候困住我们的不是现状和他人，而是我们没有一颗换位思考的心。

换位思考是我想和你谈的第一个问题。

换位思考

我们做一个假设：如果你来自农村，父母为农，落后狭隘，你丈夫出生在二线城市。结婚后，他开明的父母一直帮助你们，无怨无悔，直至婆婆患病。后来你生二胎，只好接自己的母亲来照顾孩子。因身份和经历、见识和修为所限，你母亲身上有这样那样的问题，让你丈夫也很抓狂，他多次和你沟通你母亲的问题，你会怎么做？

和丈夫一起谴责帮忙带孩子的母亲？

明知母亲格局如此，无法改变，还是配合丈夫羞辱她、戳穿她，让她在这个家待不下去？

抑或是和丈夫一起从点点滴滴处，接纳她、影响她、耐心对她，就像对一个老小孩？

现实不能假设。但你能从这个假设里看见丈夫和婆婆的处境。而这些处境是出身优渥的你选择嫁给一个出身农村的丈夫时就该看见的。现在才看见，是被你自己的傲慢逻辑一直想当然地屏蔽罢了。

傲慢逻辑

父母和出身、学识和经历，是我们的底色，融入我们的血液里。门当户对之所以有道理，因为它道出了相同出身更容易达成共识。

你出身优渥、父母开明，为你高兴。你丈夫出身乡野、父母愚昧，他无法选择。而你选择了他，不管是出于他有担当，还是觉得他老实，都是你自己主动的选择，没人强迫你。

你嫁给这样一个男人，应当看见他出身贫苦，他肩负重担，他的母亲有着农村老太太都有的毛病。当然你会说："我有什么错，要承担这些恶果？"

亲爱的，你唯一的错就是选择了这样一个男人，还期待他是从石头缝里蹦出来的。

这种傲慢思维才是你和婆婆、丈夫矛盾集中爆发的根源，也是这些年你从未正视的丈夫的处境。

丈夫处境

关于隔代教养，你父母的付出和奉献、勤劳和开明，值得称赞。

但是你有没有想过，你一直和他们生活在一起，把孩子、家务全甩给他们其实是一种自私？你有没有想过，结婚后仍像结婚前那样和父母同吃同住潇洒自在，其实也在压榨你们小家的空间和能量？

当你仍像单身时那样凡事都以"我爸我妈"开头时，你最该关注、最该深爱的人——你丈夫，不自觉就退居到次要且卑微的位置。你们结婚这 10 多年，你丈夫犹如一个外来者加入你们家，寄人篱下、处境尴尬、和你疏远。尽管他念及你父母的照拂，但内心也排斥他们的侵入。理解了这一点，就不难理解母亲到来后他缘何冷淡你父母，又缘何袒护他母亲——一个长期不被看见的人，一旦翻身很容易以其人之道还治其人之身。

这些矛盾被中年危机放大后显得更加棘手。

中年危机

上有老，患病；下有小，待养。这是中年危机的典型特质。

40年来你一直生活在父母的照顾和庇佑中，结婚后也如此。其实你是个被宠坏的孩子，并不具备单独迎接风霜雪雨的能力。二胎宝宝的到来、母亲患病的焦虑、工作压力的剧增，都会让你崩溃。其实你身边的那些妈妈们又何尝不是如此。

但亲爱的，困境就是出路。除了面对、接受、解决，并无他法。

父母照顾你这么多年，是时候放他们自由，并力所能及地照顾他们了；你和丈夫的小家一直没有真正建立，是时候借助这次矛盾好好沟通，用心感受对方，把家经营好了；两个孩子一直是双方老人隔代养育，是时候真正回到你们身边，而不是生活在大人矛盾的分裂中了。

你也是时候从父母的羽翼下走出来，担当起身为母亲、妻子的责任了，然后看见这个问题——亲情有价。

亲情有价

父母养育我们长大，已尽到抚养责任。帮我们抚养后代并非他们的义务。你父母这些年一直帮你，无怨无悔，并不代表理所当然。你婆婆来到你家照看小孩，一身毛病，并不代表就是应该。

任何事情都是有成本的，这个经济学的常识也具有普适性。接受这个常识，有助于我们在血缘中纠缠时看见边界。

让婆婆来帮忙，就要承受她的问题、毛病。这是为了节省保姆费而要付出的情感成本。

不让婆婆帮忙，就要花钱雇靠谱的保姆。这是为了避免内心冲突必须付出的经济成本。

这么多年受爸妈照顾，如今他们病了，再忙再累都要抽空陪伴他们。这是必须付出的赡养成本。

自己选择生养二胎，再抓狂再焦虑也要尽量过得有序。这是必须担负的教养成本。

选择嫁给一个不同出身的丈夫，就要和他一起处理可能遇到的麻烦。这是必须接受的婚姻成本。

看清了这些成本，你才能在收到我这封"不太客气"的来信时秉持理性。因为你选择给我来信是为了找到问题，而不是维持现状，那就要接受我直言不讳的逆耳之言。这是需要承担的沟通成本。

愿你身处困境，找到出路。

愿你度过危机，平和如初。

加油！

赌徒丈夫

不给寄生虫当宿主

娜姐：

你好。

我是"80后"，高中没有谈过恋爱，对爱情充满憧憬，大一时跟他认识。他追我，我见他长得高高大大的就同意了。

大学实习时我们一起到外地，那是我们最快乐的一段时光，虽然生活艰辛，但彼此扶持、互相鼓励，常常被温暖的小确幸所包围。

大学毕业后我们留在同一座城市，双方家长默认了我们的关系。我家的条件相对好一些，所以结婚时，我们家付大头，他家拿小头，共同凑了首付买了婚房。结婚时，我们已认识6年，没有了初恋时的热切，一切渐渐归于平淡。我表示接受。虽然他时常做事不过脑子，但我想只要他心地善良，一切都不是问题。结婚2年后，我怀孕生子。他表现不错，让我也觉得选择正确。但孩子刚半岁，他就经常很晚才回家。我以为他爱上别人，和他谈了几次，他极力否认出轨。

孩子 11 个月时，我看了他的手机才知道他一直在赌博，已输掉 10 多万块钱。

我万万没想到他是这样的人，就和他大吵一架，回娘家住了几天，没有告诉父母真相。孩子 1 周岁生日，双方父母都来给孩子庆生，他却不见踪影。我气急败坏，要跳江自杀，他才坦白输掉了 30 多万元，债主一直逼要，他走投无路，愧对孩子和我，无颜面对父母。为了孩子，我决定再给他一次机会，把我们所有积蓄拿出来为他还债。他感激涕零，对天发誓，余生一定会好好爱我，给孩子一个完整的家。

但一年后，他再次赌博，在现场被我抓到好几次。我哭着问他当初是如何发誓的，他也哭着回答说他欠了债，如果不还债，对方就要伤害我和孩子。他还向我忏悔，他爸爸年轻时就喜欢赌博，他妈妈为此受尽磨难，他曾发誓坚决不会走爸爸的老路，没想到到头来和他爸爸一样丑陋，想戒却戒不掉。我看着他痛苦的样子，自己也万分难过，就把双方父母喊来，提出离婚。父母不愿我们就这样散了，就凑了一些钱帮他把债务还了，大概有 50 万元。谁知道这不过是他欠下的债务的一部分，他还有不少债务没有还，所以他又去赌博了。我再次提出离婚，他再次下跪求饶。他是我爱的第一个男人，也是我孩子的父亲，我总想着我以后一个人带着孩子多难过，孩子以后还需要爸爸的陪伴和教育，就再次听从了他的建议。我们把原来买的婚房卖了，拿出一部分钱又买了一套小点差点的房子，大部分钱给他把债还了。

　　为了避免将来更坏的结果，我们办理了离婚手续，新买的房子房产证上只有我一个人的名字，但我们还像夫妻一样生活在一起，过了一年太平日子。

　　今年春天我发现他状态不对，就问他怎么了。一开始他不说，后来才知道他炒外汇，又输掉了一大笔钱。我真的失望透顶，结婚5年，他输掉了差不多200万元，还有一套房子。为了我们，我父母已经拿出大部分养老钱替我们还债，投入这么多金钱和希望，换来的依旧是他的执迷不悟。我试着不再管他，自己带着孩子过日子，但看到他颓废的样子又放心不下。我患上了抑郁症，觉得一切都没有希望了，债是永远还不清了，无脸面对父母，自杀的念头越来越强烈。但我是妈妈，还有孩子，所以我不能伤害自己。我提出分开，他起初不愿意，最后尊重我的想法，然后又说了他的很多苦楚。但这一次，我下定决心离开，就带着孩子离开了学习工作10多年的城市。

　　如今，我带着3岁的孩子已经回家2个多月，依然和他有联系。他过得比较艰难，但我也不好过。我回来后原来的工作也丢了，每个月还要还6000多元的房贷。我现在想把原来的房子卖掉，彻底离开他，离开那座城市，但心里竟然还怀着一丝希望，觉得有一天他能浪子回头，我们能继续生活在一起。我知道这个念头很傻，但它时时从脑海里冒出来。

　　他也对我说，一切都会过去，我们还是最相爱的一家人。他说他会翻身的，希望我能相信他、等他。

　　我们在一起时，我觉得他不靠谱、没有责任心、做事拖拖拉拉、干什么都没有主见；我们分开后，我又会想到他的好，想到这 10 多年我们的点点滴滴，还有他为我做过的那些贴心的事。

我很想让他自生自灭，但又怕他真的想不开自杀，孩子永远失去爸爸。我想再给他一次机会，但想到他一次次欺骗、赌博的糟心事，我又觉得特别痛。

娜姐，我到底该何去何从？非常期待收到你的回信。急盼，急盼。

感谢信赖。

回答问题前，先讲一个小故事。

有位沉浸在失恋痛苦中的年轻人去问智者："师父，我忘不掉过去的美好时光。每每想到那些阳光灿烂的日子，我都觉得现在暗淡无光。"

智者说："忘不掉的话，就记住吧。"

年轻人又说："记住的话，我就会一直痛苦。"

智者说："你痛苦的，不是忘不掉过去，而是你用幻想美化的过去；你痛苦的，也不是现在，而是你用悲观包装的现在。孩子，你痛苦的是回不到过去也不珍惜现在的你自己啊。"

看完这个故事，再回到你的问题上来。

每个坏男人背后，都站着一个好女人

你第一次发现他赌博就应该果断地选择离婚，就像很多第一次发现丈夫出轨的女人应该决绝地反击一样。

这世上之所以有"应该"这个词，是因为沉浸在幻想中自我欺骗的人都选择了"不应该"的那条路。

你的原谅让他从输掉 10 万、30 万、50 万，直至最后输掉你们的房子，输掉你们父母的养老钱，输掉你家孩子原本占据高地的起点和平台。他用一次次的忏悔和诺言把你骗得团团转，以致你今天落魄地逃回老家，居住在父母屋檐下，压榨着年迈愚善的父母，还念念不忘前夫过去的好处，担心他的安危。

前夫一次次输钱时，可曾想过你 10 多年的青春和长情，可曾想过他是孩子的父亲和靠山，可曾想过你的父母在用毕生积蓄为他的赌瘾买单，可曾想过如果他再赌一把就会赌掉全家人的明天？

他没有想过。因为他但凡有一丝悔改、有一点觉悟、有一寸长进，他就会拼尽全力将其转化为行动，从此戒赌，开始踏实生活。

他为何这么放肆贪婪，这么屡教不改？

亲爱的姑娘，是因为你啊。是你在他赌博后一次次给他收拾烂摊子；是你在输光后感化双方父母给他擦屁股；是你在他赌掉一切后，站在道德制高点上，一边痛恨谴责他，一边把他揽入怀中。你打着爱情的旗号被他的甜言蜜语和忏悔道歉迷惑，沉浸其中无法自拔，在"他离不开我"的幻觉里获得某种不易察觉的心理满足。

你看似受害，看似委屈，看似忍辱负重；你实则愚昧，实则自私，实则不辨善恶。因为当你无形中一次次充当他的帮凶时，戕害的却是身边真正爱你也需要你爱的人。

所以，姑娘，我给你的第一条建议是：坚决不要回头。

恶人自有天收。他将来是立地成佛，还是撞墙死去，那是他自己的造化或归宿。你错了那么多次，这一次能不能看在父母和孩子的分儿上选择坚定地放手？

每个借口背后，都藏着懦弱

"我离婚后，孩子受伤害。"

"我怕我离开，父母受不了。"

"我怕我放手，他就彻底没了希望。"

"我怕我不管他，他就真的废了。"

作为一名情感专栏作者，在过去10多年间，我听了太多这样的话。说这话的人都披着一件共同的光鲜外衣——善良。

他们为别人着想，委屈自己拯救别人，用忍辱负重换来好名声。非常可惜的是，到头来他们都把生活过成了一地鸡毛、支离破碎。

是善良的错吗？不！

他们不是真的善良，而是一味地用愚昧和宽容去喂养豺狼般的恶人，让他们更加猖狂。到头来他们不仅没能挽救恶人，还伤害了家人和自己，葬送了幸福和余生。

你也一样。你们结婚时，房子主要靠你爸妈。你们结婚后，他就一直在赌博，在戳窟窿，在消耗你，在透支你的原生家庭，在用自己的赌瘾让你为他买单。面对这样的男人，你在离开时竟然会觉得离婚后生活会更难，孩子会更缺爱。

亲爱的姑娘，以后的日子再苦，能有天天头上悬把利剑苦吗？以后的日子再难，能比睁开眼又听说他输掉几十万元难吗？孩子再怕缺爱，能比从小就听着父母吵架、债主砸门还可怕吗？没有比这更糟糕的人生了。

所以，姑娘，我给你的第二条建议是：不要给自己的懦弱找借口，你只有从这泥潭里走出来，杀出一条血路，生活才能走上正路。

否则你在这泥潭中继续沉沦，透支你的父母，颠沛你的孩子，你就是作恶者——你的孩子变得和爸爸一样，遗传家族的赌瘾；你的父母会生活在恐惧之中，无法安享晚年；而你自己也在分裂和抑郁中，离幸福越来越远。

每段不舍背后，都埋着一场幻梦

总想把一条路走到尽头，总想和一个人爱到天荒——心理学称其为"未完成情结"。

它最大的问题就是忽视了变化和意外：变化才是唯一不变的东西，意外才是每天直面的风险。

走在路上的我们发现误入险滩不赶紧掉头，还要继续走下去，这不是死脑筋吗？投入去爱的我们发现爱错了人不赶紧放手，还总想去感化对方，这不是有病吗？

有时候结束比开始更重要，因为它代表着觉醒。离婚比结婚更清澄，因为它代表着重生。在放手和犹豫间徘徊的你，最放不下的不是那个赌瘾加身的前夫，而是这十多年的青春，还有那无法重返的岁月里再也回不去的你自己。但是亲爱的姑娘，你要知道，逝去和告别才是人生最重要的事啊。我们穷其一生都是在不断逝去不断告别中走向前去。这是岁月的礼物，也是生命的深意。

　　所以，我给你的第三条建议是：如果无法忘记，那就好好记住。记住曾经的美好和伤痛，记住过去的欢笑和欺骗，记住其中的挣扎和解脱，牢牢记住然后切实践行这样一个道理：经历不是财富，对经历的反思才是；痛苦不是财富，对痛苦的觉悟才是；离婚不是财富，蝶变的自己才是。

　　加油！

女性成长
一个人幸运的前提，是有能力改变自己

娜姐：

见字如面。

非常抱歉，我今天的来信，没有动人的故事，只有一地的烦恼。

我大学学的是土木工程，毕业后在北方一座省会城市做工程投标。这一做就是 8 年。在上班、出差和刷剧中，我步入了 33 岁。其实，我对工作并不满意，心底也有个声音一直在蠢蠢欲动：换个工作，换个城市，换种活法。为此我也和老公、父母沟通过，所有人的回答都一样：女孩子家瞎折腾什么，有个稳定的工作这样过下去不挺好的吗？所以，我想改变的念头也仅仅是个念头。去年，因为亲戚的一些话，我和老公决定到南方一座二线城市投资房产。因为看房、买房这些琐碎的事去了很多趟，就对这座城市产生了好感，然后我们就举家搬来了。当然中间也历经了很多波折与麻烦，但毕竟实现了我曾经的热望，所以非常兴奋。

从那时起，我觉得一切都会变得不一样，我将有一个全新而美好的开始。

但是，理想很丰满，现实很骨感。搬过来后，因为我们买的期房明年才交房，所以要租房子。我来到这里陆陆续续换了三四份工作都觉得不如意，又投资了一些之前不太了解的项目，结果全赔掉了。然后我自己创业，但是投入了钱和不太多的精力后，发现自己根本就不懂行，最后也失败了。虽然金钱上的损失并不算太多，但对于我们这样的家庭也是一笔不小的开支。我现在已经零收入好几个月了。幸好我老公来到这边后收入是以前的两倍。但是这里消费特别高，所以我们的日子过得还是很艰难。

老公的收入只能勉强支付孩子的幼儿园费用、各种保险和房贷，我们的生活费时常需要老家父母支援。一想到这些我心里就堵得慌。我知道自己行动力和意志力都很差，但我就是不想出去上班，也不愿做之前的工程投标。这样每天待在家里浑浑噩噩，又静不下心做家务，还时常对孩子和老公发脾气。

娜姐，我很希望缓解家庭状况，给家人更好的生活，可是我不知道自己喜欢什么、能做什么，这种没有目标、没有方向的感觉糟糕透了。

2017 年，我还在报社写专栏。

当时，我负责两个专栏，其中一个是人物专栏，就是采访我们身边那些有小坚持、小梦想、小爱好的小人物，从他们的成败得失和悲欢离合入手，写写生活的实相和生命的无常。就是这么一个平淡无奇的专栏，我坚持写了 6 年，多篇文章获得全国晚报最高奖。

另外一个专栏是情感专栏，就是接听情感热线，通过电话和邮件倾听那些鸡毛蒜皮、家长里短、爱恨情仇的故事，听完后整理成文字，配上简短点评，发到报纸上。由于大部分人都有情感困惑，所以电话和邮件特别多。因为报纸更倾向于弘扬主旋律，很多话题没法写，2017 年，我就琢磨着开了个公众号——闲时花开。

除此之外，情感故事听得多了，我就想为那些有困惑的读者做点什么，所以我去考了心理咨询师资格证。考了三级后，我觉得根本没有学到什么，于是又去考了二级。考了二级后，我觉得掌握的依然是粗浅皮毛，所以今天我又回到了学校。

我和你分享这些，是希望你能从我的经历中看见大部分人成长的路径：从小处着手，从实处做起，踏踏实实，深耕细作。你要的金黄麦田，还有璀璨钻石，就在那泥土之下。前提是，你要俯下身子，捧出真心，年复一年地耕作。

机会是机会，你是你

关于女孩子，我听过最大的两个笑话，一个是"找个好人就嫁了吧"，一个是"找个稳定的工作混吧"。

前者，是对好人的羞辱；后者，是对日子的亵渎。不管是感情还是生活，一旦选择了凑合，最终必被折磨。

很多家庭给女儿灌输的观念是找一个稳定的工作，拿份能活的薪水，混混日子，方便照顾家庭就行。这种求安稳的心不能说有错，但在今天男女同工同酬、风险均摊的家庭模式里，它导致的直接恶果是：抱着"混"的心态工作的女人，很容易被时代淘汰。即使没有被辞退，也很难跟上时代步伐。这种自我厌恶的心理最终让女人把焦虑带回家，用恶言恶语攻击丈夫和孩子。夹缝之中，女人的自尊和自信同时受损，家庭和事业遭受双重打击。

就像你，土木工程是比较吃香的专业，就业不难，但要想获得更大提升，也要精进学习，不断走出舒适区，让自己擅长更多。你不喜欢这个专业范畴的工作，更要想办法找到突破口，从一个小口径开始，打通伸向另一个领域的通道。但在家人"混日子"的潜移默化的教导下，心比天高的你脚比山重，根本抬不起腿去做点什么改变现状，而是在得过且过和惯性依赖中原地踏步，甚至倒退，直到真有一个机会摆在你面前你才发现：机会是机会，你是你。

崭新的一切，都抵不过那个旧的你

举家搬到南方二线城市生活，不管是从孩子教育还是从家庭建设都是好选择。

同样的二线城市，长三角、珠三角地区的生活条件的确远超过中西部的。这就是环境的力量，也是我们从闭塞落后的小地方奔向开放现代的大都市的动力。但需要看见的是，灵魂的实相比环境的力量更强大。

一个好高骛远的人到深圳马上就能脚踏实地，摇身变成实业家了吗？一个懦弱懒惰的人到上海马上就能果敢勤劳，坐拥亿万资产了吗？

并不能。因为，深圳多得是不切实际的梦想家，上海也多得是"啃老""坑老"的败家子。好城市意味着好机遇，但好机遇是给有准备、有能力、有定力的人的。那些觉得逃到一个地方就能捡到黄金的人注定要失败，因为我们逃来逃去始终逃不掉的是真实的自己。

就像你，从工作的二线城市逃到南方的二线城市，本以为会过上梦想的生活，到头来发现自己越来越糟。

为什么？混日子多年让你厌倦了没有长进的老本行，新的技能你一项也不会。长期工作中养成的敷衍对付让你无论干什么都

是三分钟热度，长久的安逸舒适更让你一遇挫折就选择缴械投降。

新的城市、新的环境都抵不过那个旧的你自己。

是时候改变你自己了

人人都谈创业的时代，创业俨然成了人人可为的事情。但很少有人看见创业的两个前提：第一，对一个行业精密细致的调研；第二，充足可支配的现金流。

很多要去创业的男人只看见了任正非的成功，却没有看到赔得血本无归的"张正非"和"李正非"，妻离子散、跳楼自杀；很多要去创业的女人只看见了董明珠的辉煌，却没有看到输得一塌糊涂的"王明珠"和"孙明珠"，负债累累、锒铛入狱。我们成不了他们。我们充其量只是像我在人物专栏里写过的那些小人物一样，寂寂无闻又苦苦支撑，心有伤痛又负重前行。

承认自己是平凡的大多数，需要随大流吃苦，需要脚踏实地，需要从点滴做起，需要通过踏踏实实的努力才能让家人的生活一点点改善。承认这一点，不丢人。

我喜欢的作家苏童曾说过："一个人幸运的前提，是他有能力改变自己。"

人与人之间谁也不比谁高贵多少，最大的分水岭不过是有人愿意在坚持中改变，在改变中更好；而有人在懒惰中放弃，在放弃中更糟。

亲爱的，是时候改变你自己了。

需要钱的时候，不要对工作挑三拣四。

背负债务，需要父母支援才能维持生活的 33 岁成年人，是没有资格对工作挑三拣四的。如果要工作，不管是到饭店当服务员，还是到商场当收银员，请俯下身子、放下架子，从最底层开始，放低姿态，学习经验、积累人脉、锤炼技能、打磨心性。你只有迈开双脚走出家门，伸出双手、露出笑容和人开始建立连接，你的爱好和梦想才能落地，拯救你的那扇天窗才能显现。

今天的我们，不必杀死过去的自己。

对大多数人来说，最终拯救我们的还是老本行，或者说从老本行出发延伸的另一条路。我辞职做了网络自媒体，底子还是在纸媒摸爬滚打多年的经验；我朋友辞职后创办了教育机构，底子还是她在学校实践多年的智识；我表弟自己开了装饰公司，底子还是他在大学读的专业和工地多年的实战。不要为了所谓的新生将过去和现在拦腰截断。没有人能逃离过去，那是自己的一部分。如果你考虑来考虑去，最终还是做了和土木工程相关的工作，接受自己，做到极致，谋得出口。多少条件不如你的人，为了生计每天忍受着训斥，遭受着排挤，在口是心非的饭局上喝到大醉，又跑到卫生间里哇哇吐出来。

家庭主妇，不是谁都能当好的。

如果此刻你实在不知道做什么，那就努力当一个合格的家庭主妇。给家人准备可口的一日三餐，给家庭财务做好合理规划，对孩子进行耐心平和的教育，让忙碌的丈夫没有后顾之忧，而不是自己明明一无是处、奇懒无比，还口出恶言，将焦虑的子弹射

向最亲最近的人。如果你做好了一名主妇，那么你离重返职场的时候也不会远了。万物皆为一物，每个人最重要的工作其实是找到自己。

务实、平和、努力、柔韧、坚定、不屈，就像春天的一棵树，冒雨抽枝，迎风开花，兀自美丽，让遇见它的每个人，都心生欢喜。

直面伤痛
我们要对自己的感受负责

娜姐：

见字如面。

深夜从梦中惊醒，泪水打湿枕巾。梦中，又回到以前的生活，他对我冷言冷语，我走上前去抱着他摇晃："别走，别走，留下来。"他一把将我推开，头也不回地甩门而去。门被甩合上，却没有发出一点声音。但梦中，明明有一声巨响。这响声大到如此恐怖，以至我醒来时，浑身还在颤抖。

我离婚差不多两年了。前夫是我的初恋，也是和我一起走过19 年的男人。前 37 年的人生中，我只爱过这一个男人，只和他一个人发生过性关系。我说这些并没有表白自己忠贞的意思，只是说明我们曾如此纯粹又深切地爱过。从牵手、相爱、结婚到生子，我对他从来没有过怀疑。他说什么，我就信什么；他做什么，我就支持什么；他需要什么，我就捧出什么。尽管我非常清楚，看似执着努力、拼搏上进的他，性格里有一些偏执，甚至到了过分缜密的程度，但我觉得他只会这样对外人，不会这么对我。长久以来，因他优秀自律，工作特别能干，我们夫妻都是整个家族的模范。长辈们在教育孩子们时常常把我们当作榜样。但这一切都在 2016 年春天戛然而止。

2015 年年底，我意外怀上二胎，他知道后非常高兴，说一定要我好好养胎。我怀孕的第二个月，他被外派到另一座城市，离家并不远，周末经常回来，给我买礼物，陪孩子出去玩。2016 年春天开始他回来的次数少了，对我也渐渐冷漠。我感受到这种变化，一开始以为我有孕在身，他刻意保持距离，以免过于亲密动了我的胎气。但是他越来越冷漠，给人的感觉就像电影里演的那些被外星人抓走后置换了大脑和心脏的克隆人，浑身都是说不出来的疏离感。我问他怎么了，他也不和我交流。我再问他，他只说心情不好，压力大。孩子出生后，他和我分房睡，在家里看见我也很远就躲开。他不再碰我，我们成了彻底的无性婚姻。他眼神里流露出来的厌恶让我觉得自己像个罪人。我哭着问他，我做错了什么，我哪里有问题，我们之间到底怎么了，他什么也不说。我又问他是否爱上了别的女人，他矢口否认。再追问，他就骂我脑子有病。这样的冷暴力让我痛不欲生，加之产后的种种不适，我患上了抑郁症。

我每天都活在痛苦和怀疑里。前 16 年我们的好和后来他对我的坏，让我就像一个原本受宠的公主突然被打入冷宫一般无法接受。我绝望地想结束自己的生命，但理智一次次把我拉回现实：我还有一双儿女，他们那么依赖我，那么需要我。我不知道出路在哪里，为了从冷暴力和抑郁症中走出来，我主动提出离婚。儿子跟了他，住在我们家大房子里；女儿跟了我，住在我们买的小公寓里。令我没有想到的是，我们离婚 10 多天后，另一个女人就以女主人的身份堂而皇之地住到大房子里，并很快有了他的孩子。原来他早就出轨了，只是从不承认，一直隐瞒，在离婚之前从未露出半点蛛丝马迹。那一刻我彻底蒙了，一下子病倒。

从此我开始做噩梦，总梦见他忽然回来找我，或者突然离我而去。我开始出现幻觉，看见他突然回来向我认罪，但清醒后发现都是假的。我知道他已不爱我。但我不知道我怎么变成了这个样子。冷暴力的是他，隐瞒真相的是他，背叛我的人是他，如今他却活得无比幸福，而我却像个神经病一样迟迟走不出来。

两年了，女儿已经上幼儿园，她会像个小大人那样在我神经错乱、泪流满面时用肉嘟嘟的小手摸着我的脸安慰我："妈妈，笑一笑，笑一笑最好看啦。"但我却走不出这人间地狱。

娜姐，我到底怎么了？我要怎么样才能和过去和解？我要怎么样才能走向前去？

知道你每天收到很多来信，但还是奢望你能看到我这一封。谢谢。

感谢你的和盘托出，还有真诚信赖。

回答问题前，先分享一个我身边的真实故事。

她是我一位老年读者的女儿，在离婚的第二天，因弄丢了钥匙突然杀到前夫家中，才知那个男人早已和第三者生了私生子，而那个孩子已年满3岁。之前她不是没有怀疑过，也不是没有跟踪过，但都没有结果。两人协议离婚时，她抱着"一日夫妻百日恩"的善心，为要回孩子的抚养权还在财产分割上做出了很大让步。所以看到简直犹如前夫缩小版的那个私生子后，她一病多天，茶饭不进。

她妈妈看了我的情感专栏很多年，找到我让帮忙想个办法。一向主张以和为贵的我给老人家出了个主意：让女儿和前夫打官司，以那个坏蛋涉嫌重婚罪为由，要求重新分割财产。

老太太劝说一向温顺贤淑的女儿聘请律师，重打官司。差不多一年半后，老太太来找我，说官司赢了，但并没有赔多少钱，可喜的是女儿好了，不仅又像以前那样活蹦乱跳了，而且比以前更勇敢果断了。

是因为仇报了，所以那个被伤害的女人又活过来了吗？

不是的。

是那一年多的官司和讨伐，让那个女人瞬间郁结的剧痛一点点分散到 400 多天的日日夜夜里，直至在慢慢消化和缓缓接受中重新复活，带伤前行。

人们常说长痛不如短痛。但是婚恋中很多时候短痛是不如长痛的。有过深切情感交集的人，在失散离别后需要很多个日夜去确认，去接受，去一点点在心头打磨成底片，才能存放在灵魂的一角。这是今天我们探讨所有问题的前提。在这个前提之下，你需要看见第一个真相——出轨的男人未必坏，心机太深的人才可怕。

出轨的男人未必坏，心机太深的人才可怕

不少男人在出轨后会因自责内疚而表现异样。被妻子质问后，他们会承认事实、袒露脆弱、悬崖勒马。这样的男人，虽然多欲不忠，但谈不上多坏。最坏的人是潜伏在枕边的凶手。他们用背叛的钝刀一寸寸把婚姻伤得体无完肤，然后又擦掉刀柄上的指纹，把凶器塞到蒙在鼓里的爱人手中，贼喊捉贼地叫嚣道："你才是凶手！是你杀死了我们的婚姻！"

你前夫就是这样的人。他优秀上进、出色能干，都无法掩盖他体面的皮囊之下心术不正的邪恶。他在你高龄怀上二胎时出轨别人，他用残酷到杀人的冷暴力将你逼走，他又利用你的念旧和母爱拿走了家中的大房子。心思缜密的他比谁都清楚，一旦他出

轨被坐实，不论是人言还是财产分配对他都不利。所以，从出轨那刻起他就想好了怎么逼走你。

一个坏到骨子里的男人才会对牵手近20年的发妻做出这样可憎可怖的事情。你前夫是个恐怖的人，不是个值得留恋的人，不是个配你夜夜梦回的人。

看清这一点，你才能看见第二个真相——最难以消化的痛，在一夜之间坍塌成黑洞。

最难以消化的痛，在一夜之间坍塌成黑洞

如果，你们之间的故事变成这样：在离婚前的两年你知道了他出轨的事实，他不是冷暴力逼你走，而是袒露实情，努力回归过家庭。你们之间争吵过、缝补过、彼此妥协过，也一点点试图修复过，但最终还是散了。我想今天的你不会痛苦得这般撕裂。

正是因为他心太狠，又藏得太深，你才在离婚后错愕不及地看见他随身携带的包袱里一直藏着魔鬼。

你无法接受19年来如信仰般去爱的男人是魔鬼的化身，是伪善的小人，是伤你的凶手。落差之下的这种激烈抗拒迅速在你内心郁结成一个结，而这个结又在他另组家庭、无人对证的前提下变得越来越大、越来越硬，直至成为你体内一个巨大的黑洞。

婚恋中的很多剧痛是需要分散到日日夜夜去消融的，所有没有消化的短痛都势必蔓延成蚕食血肉的长痛。这也是很多时候我为什么一而再，再而三地安慰来信人：给自己时间，允许自己哭，

允许自己暂时忘不了，允许自己还会常常想起那个人，允许自己像个孩子一样慢慢地走出来。

看见自己的痛，用更长的时间和更多耐心去一点点消化它，你才能从梦中醒来，走向前去，进而看见第三个真相——要么接受溃败结局，要么愤而起身"杀"回去。

要么接受溃败结局，要么愤而起身"杀"回去

一个原本正常的居家男人忽然冷漠了、逃避了、暴躁了、残忍了，变得和过去完全不一样了，他一定是出问题了：要么出轨了，要么欠下巨额外债了，要么不小心弄丢工作了……概莫能外。

一个和他朝夕相处的妻子发现男人的异常后，不去跟踪追问这些表象之下的真相，反而陷入自我否定和怀疑里，一味觉得都是自己的错，这只能说明她爱得早已没有了自我。

爱得没有了自我才是这桩破碎婚姻里你最需要审视的问题。你的后知后觉、后痛后殇都因你爱得卑微，所以你才伤得这么深。而你的前夫就是吃准了你的软肋，才敢这么胆大妄为地玩这么一出。

正视问题，学会爱自己，是你从上一段婚姻中最该习得的教训。看见了自己，你才能看见下面两条路：

第一，如果你实在咽不下这口气，那就"杀"回去，聘请律师，搜集他婚姻存续期间出轨的证据，要求重新分割财产。这样的好处，就是在征战中你能看清他的嘴脸，彻底斩断旧情，不再

对他念念不忘；这样的坏处，是你们的战争势必会让孩子置身舆论的旋涡，进而受到伤害和攻击。

第二，如果你收到这封信后明白了剧痛的症结，看清了前夫的嘴脸，懂得了自我的救赎，也愿意花更长时间清理伤口、疗愈伤害、看清真相、深爱自己，那么就带着你的女儿缓缓地、坚定地、平和地走向前去。

不管选哪条路都希望你能明白：人的疗伤只能通过成长，老是扒历史，老是憎旧情，老是把旧伤撕成新伤再痛一遍，只是对痛苦上瘾，让坏人得逞，而不是以痛为鉴，绝不再犯。

这封长信的最后我想和你分享这么一段话：一个女人最大的悲伤，不是被出轨、被背叛、胸口被人插上箭，而是时光蹉跎、日夜交替，她从来没有真正爱过自己一天。

带上你的伤和痛、悲和苦、良和善、刀和剑向伤害和恶人说"不"，向行动和独立说"好"，向孩子和自己说"爱"。这样，明日的梦里你将会梦见一个人，身披五彩衣、脚踏七祥云、头戴金凤冠、面露吉祥容，她不是别人，而是脱胎换骨、走路带风的你自己。

加油！

隐忍的妻子
找到勇敢而非完美的自己

娜姐：

见字如面。

之前关于个人成长给你写过信，及时收到回信，让我看清了自己的问题，谢谢你的大爱。

再次给你写信是因为我今天又冒出了离婚的念头。这念头一旦涌现，就像夜行路上甩不掉的影子，时隐时现、如影随形，虽然每次诱发它的都不过是一些琐事。

比如刚刚丈夫要睡午觉，非拉 4 岁的儿子和他一起睡，小孩子精力旺盛，不愿睡，他就把孩子拎起来打了一顿。他并不是不爱孩子，脾气好的时候，对女儿和儿子都是疼爱的，说溺爱也未尝不可；只是他狂躁偏执的时候更多，对孩子们动粗、说脏话、动手打骂，怒吼崩溃。

娜姐肯定要问：作为妈妈，你呢？

其实，两个孩子多半都是我在带。我从女儿出生起就开始学心理学、教育学，平等而宽容地对两个孩子，知道他们有自己的脾性，也尊重他们的决定。两个孩子也不差：女儿10岁，堪称班里佼佼者；儿子幼儿园中班，已爱上阅读，很有主见。恰是这样的两个孩子，却经常遭到爸爸的打骂。我痛恨他的粗暴，也深知夫妻关系重于亲子关系，所以一直调节自己，不强迫他改变，想着自己变好了他就会变好。事实证明并非如此。他不仅没有丝毫改变，而且配合他的父母、妹妹指责我，有意无意地伤害两个孩子。

写到这里，要顺便提一下他的原生家庭。他的父亲也是一个喜怒无常且势利凉薄的人。他小时候，经常被父亲各种羞辱看不起，被打更是家常便饭。他是家中最没有本事的那个孩子，所以他父母至今也不正眼看他。为了给他挣足面子，我和他结婚后白手起家、努力打拼，自己上班，又兼职做其他，买了两辆车两套房。日子好起来后，他始终没有成长，自私、粗鲁、专制、歇斯底里和暴君教育都没变。

去年，因为一件极小的事，他妹妹跑到我们家羞辱我，说我教坏了两个孩子。他不仅不批评他妹妹，反而转过来要打我，我一怒之下到法院起诉他，但后来念及12年婚姻的种种不易，选择了撤诉。

娜姐，在外人眼中，我美丽优秀、努力上进，为什么婚姻中这么挫败？我很讨厌这样犹豫无力的自己，但又不知道如何改变。

期待再次收到你的回信。万分谢谢。

感谢信赖。

这些年伴随网络自媒体的崛起，很多励志的文章都在鼓励女性自强自立，不少关于婚姻的文章甚至说出"有一种女人，不论嫁给谁都幸福"的结论。对此，我持怀疑态度。

婚姻是一种契约关系，既然签约的是两个人，就绝不可能一个人足够好它就会无恙。一个离婚的姐姐曾在离婚前夜流泪给我打电话："过去的 20 年里，我认为自己足够好、足够忍耐、足够宽容、足够能干，这日子就能过下去。现在我懂了，别的事自己够好就行，但婚姻不行。婚姻是两个人的日子，不是一个人的寡居。"

亲爱的，人世间，很多事儿、很多时候只要我们足够好就行了，唯独婚姻不行。这个认知是今天我们这封信的前提。

比出轨更可怕的敌人

婚姻中最可怕的不是出轨，而是不成长。

非常遗憾的是，根据我接听情感热线、回复读者来信的体悟，就婚恋情感来说，男人一般比女人成长得慢（男同胞不要打我，只是说概率，不是全部）。这一方面，源自男人们普遍觉得自己没问题的坚韧自信，认定不需要成长；另一方面，源自男人们对婚姻家庭参与较少，没有机会成长。所以，婚姻中"男巨婴"就成了比出轨更可怕的物种——出轨是不道德的越界，而巨婴则是一种自我放弃的堕落。

你的丈夫自幼在父母的否定和殴打中长大，他是一个极度不自信也缺乏安全感的人。这样的人如果在成年后有足够的意愿直面自己的问题，组建再生家庭后一点点去修复，会避免走到父母的老路上。如果他从不成长、逃避问题，就会从受害者变成加害人，把父母留给他的伤害照搬或者放大后，投射到比他弱小的孩子身上，重复父母的暴戾，获得迟到的满足。

更要命的是，由于他结婚多年认知和行为还停留在受伤的少年时期，潜意识里也把优秀强大的妻子视为想象中的敌人——他父母一直期待他成为这种人，他至今都不是，而你却是——你的能干会让他想到父母对他的否定，你的自律会让他想到父母对他的嘲讽，就连你对孩子的好脾气都会让控制不住自己脾气的他妒忌。

而在婆家人眼中，你和丈夫又是一体的。公婆连亲生儿子都看不起，对没有血缘关系的儿媳自然也是嫌弃。这也是为什么如果丈夫烂泥扶不上墙，再优秀的妻子在婆家人那里也很难有尊严可言——丈夫是妻子和婆家人之间的一座桥，桥塌了，偏见就更深了。

除了他的不成长，你们之间还有第二个问题。

好妈妈有时要有狠心

平和、宽容、接纳、慈悲，这些的确是好妈妈的品质。但这些品质是有潜在条件的——你是和平家庭的妈妈，你有一个足够担当的丈夫。一个鸡飞狗跳、动荡不安、两句话说不好爸爸就抡起拳头的家庭，妈妈每天却告诉自己"我要平和，我要宽容，我要接纳他"，这不是自欺欺人吗？

亲爱的，原谅我说出这样的真相：你丈夫之所以一而再，再而三地拿孩子当出气筒，用诋毁你的方式讨好从不善待他的家人，没有边界地让他的妹妹跑到你家指手画脚，很大程度上恰是你的假慈悲造成的。你打着修行和成长的名义退缩到好脾气、好妻子的外壳里，却一直未能用爱憎分明的狠劲告诉你的孩子们：和平与权利从来不是忍出来的，而是斗出来的、争取来的。

婚姻不幸的女人是需要狠心的，家庭不幸的妈妈是要果敢的。她需要一点刚、一点强、一点狠、一点刺来和坏人谈判，和恶人较量，和小人过招，进而让孩子们明白：真正的善良要带锋芒。

而这也是你看了那么多书、学习了那么多知识、明白了那么多道理，依然过得一团糟的原因：理论和实践脱节。用专家口中完美的"好女人、好妈妈、好妻子"的角色来套自己，越套越觉得无力，却不懂在有些家庭里，总是受伤的那个女人、妈妈和妻子最大的问题不是不够好，而是太好了。她把所有的好都给了别人，自己却活得满心伤痕。这种分裂也带来了第三个问题。

好的关系不一味盘剥女人

关系的本质是人。糟糕的关系不允许一个人做自己。

当我们距离真我越来越远时，虚假的自己和真实的自己就会不断掐架，个体就会在错位分裂中越来越讨厌自己——这是你一次次冒出离婚念头的原因：无法自处的你，已经无法单凭一个人的虚假忍耐来维持这段疲惫的关系。

好的婚姻从来不是一味让女人隐忍，而是需要男人的觉醒。鉴于此，我给你这样的建议：

第一，看见丈夫的伤，更要亮明你的立场。

不要假慈悲、生闷气，打开天窗说亮话，勇敢地告诉你丈夫，他今天不受控制的暴戾和他幼年的遭遇有关，但现在他已不是被人殴打的孩子，而是一个需要担责的父亲。他可以不原谅父母，但不该对孩子如此粗鲁。如果他不想让两个孩子20年后成为另一个他，直到他老死也不原谅他，现在最好能放下拳头好好当个人。

第二，捍卫你的主权，让闲杂人员滚蛋。

你这些年的委屈苦了自己，但终究恩泽了两个孩子。他们很优秀，证明了你的教育是好的。他们对爸爸粗暴的反抗、对学习由衷的热爱，恰是你的爱在起作用。对此不要怀疑。面对那些自家孩子都教育不好跑到别人家指手画脚的人，希望你再多点强势和脾气，把他们赶出去。这是你的家，你要捍卫自己的主权，包括教育权。

第三，别再大包大揽，必须让丈夫分担。

"中国式妈妈"的两大通病：一边大包大揽，一边牢骚不断；一边忍辱负重，一边内心有病。不要给男人当妈，要给他机会去当爸。不管是家里家外的事，从买酱油、买醋到装房子、修门，都让他去参与，去分担。这不仅能磨他的性子，而且能改他的样子——人们总是对付出多的事物心怀珍惜。不少男人对孩子、老婆粗暴没耐心，是因为对家事、家人投入的感情太少。当然前提是你要有足够的耐心给他时间，允许他一时做不好，偶尔还会重蹈覆辙。

如果你硬气起来还是没能改造那头暴躁的驴，建议你再次到法院起诉他也不迟。这一次一定要提前备好他家暴孩子和你的证据：照片、录音和视频都可以。

亲爱的，在这封周末来信的最后很想和你分享这么一段话：

你年轻时，人人都说你美、你好、你善良、你优秀、你无可挑剔。

但是，今天我特地走近你是为告诉你，对我来说我更喜欢勇敢而非完美的你自己。这样的你是那样真实美丽，就连皱纹和白发里都存留着人性的力量和不屈。

加油！

沉默的爱人

爱一个人，就要看见他的历史

娜姐：

见字如面。

结婚 11 年，婚姻不知道该如何继续。环顾四周，孩子弱小、父母年迈、亲朋势利，竟然没有一个可倾诉之人。

我和先生经人介绍认识，婚后生养一双儿女。身边所有人都羡慕我们幸福，只有我知道自己过得有多苦。结婚 11 年了，我从来不怕婚姻中出现问题。我最害怕的是我们的矛盾从来无法解决。因为，两个人的婚姻，一个人的深渊。

我们俩发生争执、误解和分歧，都是我说他听。但无论我说什么，他都像一个木偶一样，一句话也不说：不反驳，不交流，不接受。但看到我不高兴，他仿佛也很无助。但我再伤心也只能一个人擦眼泪，他从来不会认错、道歉，或者哄我开心。我也尝试过用其他方式建立我们之间的连接，比如发生矛盾后，我给他写信，读给他听，期待他能重视。但他呆若木鸡，面无表情。后来，我给他发信息，他还是没有表达。再后来，我直接在他面前哭诉，他仍旧手足无措。

这么说吧，不管我用什么方式从来都没有得到过他的有效回应。我从希望到失望再到绝望，无数次想要离婚。但是一想到他也没有品质方面的问题，更重要的是我们有两个可爱的孩子，我又下不了狠心。然后我只能自我调节，准确地说，是自欺欺人地告诉自己过几天就好了。但一段时间后，矛盾累积、问题凸显、沟通不畅，我们之间又陷入这样的恶性循环：我情绪焦躁、悲痛难过，他面无表情、从不哄我。生活无尽地重复上演，我对婚姻越来越失望，越来越疲惫：难道，一辈子都要这样过？！

昨天我们又闹矛盾，我哭了，我说："我们不像夫妻，我们离婚吧。"他没有回答，一个人搬到另一间房睡。今天晚上，依然如此。

这些年，他给外人的印象都是完美的：疼爱孩子、比较顾家、追求上进，对自己在意的事情能做到很好。但唯独他对我这样狠心。

娜姐，说句实话，离婚并非我真实的想法，但这样的婚姻又让我心灰意冷、情绪低落。我们之间到底怎么了？我要怎么做他才会开口？我们的婚姻还有救吗？

娜姐，我非常迷茫，帮帮我。

感谢信赖。

回答问题前先分享一下我自己的生活。

我和我先生结婚后也遇到过这种问题。我公公和婆婆都是善良的人，但善良的人未必就会成为很好的夫妻。他们那代人不懂经营亲密关系和夫妻之道，遇到矛盾和争执最容易采取的方式就是互相指责。我公婆亦如此。哪怕在我们结婚后，这种状况也没有得到改善。一遇到意见不合，公公和婆婆就会起高腔、说狠话、彼此看不惯。非常奇妙的是，这两人这边刚吵完，那边就和好了。时间久了，我也习以为常，不再干涉。

但是，公公、婆婆这种长达30多年"相爱相杀"的模式无疑对他们的儿子造成了非常大的困扰。具体表现为我们结婚后，如果我和我先生发生意见分歧，开启争吵模式，我先生采取的策略永远是不辩解、不反驳、不回应，一味沉默。

这种零沟通给我带来很大的挫败感。该怎么形容呢？就像你恼怒地伸出拳头，却一下打到棉花上。对手的无声无息让得不到回应的你因受激怒而频频伸出拳头。

在实战中改变策略

我们结婚一年后，我决定在实战中改变策略。

我从公婆"相爱相杀"的模式里渐渐明白，睡在我身边的丈夫其实是一个受伤的孩子。他内心积聚了太多父母争吵的噪音，郁结了太多对父母怒吼的恐惧，为避免自己成为父母那样的人，面对冲突时他习惯性地关闭了耳朵。我作为他的妻子，不应该一次次向他发起攻击，勾起他童年岁月里无处安放的恐慌，让他害怕我、害怕回家。所以我们再出现矛盾时，我不再咄咄逼人地指责他，不再大呼小叫地质问他，不再不分青红皂白地怪罪他，而是平和情绪、就事论事、陈述问题。

一开始我做得也不够好，他进步得也很缓慢。但为了孩子，我觉得我们都需要更多时间。如今我们结婚近13年，仍有不和谐的地方，但沟通这一块有了明显进步。当我不再用情绪向他讨债时，他也更容易向我打开心扉。

今天，我先生依然谈不上优秀上进，依然算不得完美丈夫，但在我面前他打开了话匣子，时常像个滔滔不绝的演说家那样刹不住车。尽管很多时候我对他的认知仍持保留意见，但看到他像个孩子那样说得热烈而兴奋，我还是为他的成长感到开心。

夫妻之间最重要的是看见一个人，然后允许他做自己，他才会在你的接纳中看见你、靠近你。理解了这一点，我们再回到你的问题上来。

婚姻中最糟糕的事情，是嫁给了"活死人"

这两年，不管是网络上还是心理学领域，都非常流行的一个观点是：婚姻中，最糟糕的事情不是出轨，而是嫁给了"活死人"。

什么是"活死人"？不沟通、不交流、不合作、不成长的丈夫统统被称为"活死人"。

我们身边的确有不少这样逃避的丈夫。他们在妻子用牢骚和眼泪表达不满时用沉默和逃避一步步把妻子推向孤单的深渊，这让妻子在受挫和孤独中更想通过争吵和指责把他捆绑在身旁。妻子的控制又会加剧丈夫的逃避。所以，争吵愤怒的妻子、沉默逃避的丈夫，更加愤怒争吵的妻子、更加沉默逃避的丈夫，就成了不少夫妻糟糕的相处之道。如果，妻子幼年时因为原生家庭有过不安全感的体验，那么这场拉锯战就会一遍遍激活她幼年的创伤，让她在恐慌中更没有安全感。

频频爆发的夫妻战争伤害最大的是幼小的孩子。孩子在惊恐害怕中再次被父母植入原生家庭的魔咒，直至长大结婚后成为像妈妈那样匮乏安全感的女人，或者像爸爸那样逃避懦弱的男人。原生家庭的不幸就是这样代代相传的。

我们如何解救自己？

仅仅看到问题，给丈夫贴个标签，然后更加理直气壮地攻击他让他更逃避，是不够的，我们最终要做的是找到一条路。

那么，我们当如何解救自己？

第一，不要改变他。

我们改变不了伴侣，这是个事实。很多时候你越想改变他、攻击他，他越抵触你、逃避你。所以如果你还想要这份婚姻，不如改变策略，调整情绪改变自己。遇到矛盾时好好说话、就事论事，少点强势、多点共情，在接纳中让丈夫看见问题、改变自己。

第二，不要乞求爱。

女人最容易犯的错，是在不被理解时通过"作"的方式博得爱人的关注：我哭、我闹、我离婚、我上吊，我就不信你会眼睁睁看着我死掉……对于那些情商高又不怕冲突的男人，这招会奏效；但对那些沉默寡言又害怕冲突的男人，这招只会让他们更想逃跑。对于你丈夫这样的人，你过分的关注只会让他更想逃避。下次再发生冲突时，你不哭诉、不指责、不闹分居，不像个幼稚的小女生那样推开男人后又求抱抱；而是像个大女人那样，该吃吃、该喝喝、该玩玩。聪慧的女人都知道放下执念展示爱，而不是跪在地上乞求爱。

第三，不要总要挟。

爱一个人，不仅要接受他的现在，还要看见他的过去。你丈夫肯定有着糟糕的原生家庭，成长中为了自保他才自动关闭了倾听的耳朵和沟通的嘴巴。每当委屈而愤怒的你试图通过种种努力和他沟通时，他都会在潜意识里把你当成伤害他的父母而排斥你。最好的办法就是不强迫他、不控制他，更不要动不动拿离婚恐吓他。

如果你真觉得这日子过不下去，对他的改变也完全不抱希望，那就彻底狠下心来离婚，不要拿孩子当挡箭牌。

如果你想继续过下去，愿意拿出长时间的耐心修复关系，那就在日常生活中通过压低每一个高腔、克制每一次冲动，在"进五步又退三步"的反复中走向前去，直至他愿打开心扉，改变自己。

丧偶式育儿

婚姻单靠一个人努力，是无法幸福的

娜姐：

你好。

此刻，孩子已经入睡，窗外的万家灯火一盏盏依次熄灭，城市进入了梦乡。我刚刚在卧室里大哭一场。哭的时候生怕吵醒旁边房间入睡的父母，所以拼命捂着嘴巴。

哭也不敢大声，这就是我现在的状态。我感觉自己太失败了。最要命的是这种感觉就像一张黑网把我套住。

我和爱人两地分居，他一个月或许更长的时间才能回来一次。我工作不轻松，为了照顾孩子，我只能让父母来帮忙。我忙碌一天回到家里还要辅导孩子的学习。我不太清楚别人家的父母都是怎样一个状态，我必须承认我很抓狂。几乎隔一段时间我都会揍孩子一顿，打完孩子后，孩子哭，我也哭。但隔一段时间，我还是会打她。我觉得，这种恶性循环就像病毒一样，明知道可怕还是戒不掉。

比如，今天晚上我按照老师的要求让她听写语文生字（她小学三年级），她犟脾气就上来了，嘴里嘟囔着"我不写这个，我不写那个，刚才我已经默写过了"，然后还把笔扔了。我解释这是老师的要求，就算刚才写过了，再学一遍也是巩固。她坐在那里就是不写，气得我又打了她一顿。打完后，我才意识到，老师布置的作业生字里的确有重复的。但她那个态度真是让我难以忍受。

我是靠勤奋和努力考上大学的，知道学习没有偷懒的事。每天她做完作业我都要求她再练习一下数学、巩固一下语文。但是最终的结果都是勉勉强强。你推着、拽着、打着，她才把作业糊弄完，任你再苦口婆心地说，她还是一脸不情愿。我每天上班，没空去锻炼，没空去玩乐，没空出去吃饭，急急忙忙回来照顾她，结果呢，她总是这样让人失望。有时候我不看着她，她作业写得马虎潦草，甚至完不成。但我这样看着她，值得吗？我有时想，不如不管她，她什么样随她去，我自己好好上班，好好快活去。但又想，她爸爸不在这边，孩子万一废了，我一辈子有罪。

父母在一天天年迈，我不敢生病，不敢有任何意外，每天累得要死，还要回来面对这样的家、这样的孩子，我真的很累。

娜姐，原谅我把你当成树洞，此刻真不知道和谁诉说。知道你也是妈妈，也有自己的工作，很想收到你的来信，谈谈我这样的女人到底该怎么平衡。

打扰你了。遥祝一切安好。

感谢信赖。

首先，你不是一个人在战斗，我想读到这封信的很多妈妈都能从你身上看见她们自己的影子。

我们想做好工作，不让领导和同事笑话；我们想当好妈妈，不让孩子输在起跑线上；我们还想当一个好妻子、好女儿，甚至好儿媳，想照顾到周围每个人的情绪。但是，我们只有一双手、一双脚、一副躯体，无法分身成三五个乃至更多的自己，去当那个让所有人都满意的"好角色"。

怎么办？

唯一的办法就是从"总想什么都做好"的套子里钻出来，理直气壮地对自己说：你这个忙得快要疯掉的女人，你做得已经够好了！

是的，亲爱的，你做得已经够好了。你活得真的太难了。你内心真的太苦了。你小小的身体承受的压力太多了。你用"我做不好，我就是罪人"的标准要求自己太久了。所以请你放过自己吧，放过那个再不停下来喘口气就要疯掉的自己吧。

这是我们今天这封信的大前提。接受了这个前提，我们再平心静气地看下面四个问题。

婚姻光靠一个人努力是不够的

你的婚姻是残缺的。这个残缺是你名义上有个丈夫，但这个丈夫是个指望不上的影子。这或许怪不得他。但这种错位正把你一点点推向焦虑的深渊。

缺席的丈夫其实比没有丈夫危害更大。因为后者会让女人在孤独中慢慢放弃期待，而前者却让女人在期待中变得更加孤独：还有什么比外人眼中家庭圆满、人群背后独自奋战更让人绝望的呢？

这种压抑的绝望会分散到每个艰难的日日夜夜，在你劳累崩溃到极点时从情绪的出口钻出来，化身为面目狰狞的庞然怪物。因为造成这种绝望的那个男人不在身边，流淌着他的血液、继承着他的基因的那个孩子就成了怪物侵害的对象。

当焦虑不堪的你一次次殴打你的孩子时，你殴打的其实是那个缺席的男人：你恨他给了你一个家庭，却不给一个臂膀；你恼他给了你一个女儿，却不给一场教养；你怨他给了你一个名分，却不给一点力量。所以你下次再扬起手打那个孩子时，请想一想那个幼小的生命不过是在替爸爸受伤。

明白这点后，你能不能缓缓放下殴打孩子的那只手，把你的痛苦、无奈和悲伤告诉那个常年在外的男人，好好谈谈？他才是真正的债主。让他学会体谅你的苦楚，让他想办法和你一起分担，哪怕他的工作暂时调不回来，这个家发生的一切他也有责任知道并想办法解决。

婚姻不是靠一个人努力就够的，它是两个人拧成一股力。很多人容易犯的错，就是明明自己做得足够多，还要揽下所有错。这是我的第一点想法。

孩子的问题是父母欠下的债

从你的来信能看出你们家是典型的隔代卷入家庭：爸爸不在家，妈妈工作忙，外公、外婆是孩子小时候主要的抚养者。

这种家庭的孩子在幼儿园时期问题还不算明显，升入小学后伴随年级逐渐升高问题就越突出。

老人们容易犯的错就是过于保护和溺爱，而6岁以前的童年又影响孩子的一生。在老人保护和溺爱下长大的孩子动手能力和自主能力都比较差，所有事外公、外婆或爷爷、奶奶都给他做完了，他还用做什么？

这一点我之所以感同身受，是因为我娃也是如此。我结婚生子后曾和公婆同住10年之久。那时我工作忙，大多时间由老人帮忙带孩子。老人都很善良，但未免溺爱。后来为了让孩子自立起来，我想了很多办法。孩子三年级之前，写作业我也需要坐在旁边。每当我想对他发火时，就告诉自己："错的不是孩子，而是我和他爸爸，我们要为之前的偷懒买单。"现在我娃成绩依然不算优秀，但自主能力在逐渐提高。两天前我们步行去超市买两箱奶，每箱两三公斤重，回来时 9 岁的他一手拎着一箱，硬是坚持拎回家，拒绝我帮忙。除此之外，现在他每天放学回来都是一个人主动在小书房写作业。

亲爱的，和你分享这些是想告诉你：孩子今天的问题，是因我们昨天的缺席。

我们要冷静下来想想我们错在哪里，而不是一味谴责、殴打孩子，让他在逆反中和我们对立。这是我的第二点想法。

没有叛逆的孩子，只有叛逆的家长

孩子 9 岁到 12 岁自我意识逐渐增强，他不再像幼儿时期把妈妈和自己看成一体，"我的看法""我的意见""我的主张""我的感受"对他来说是珍贵而重要的。这是一个人自我觉醒的能量，也是生命向上生长的力量，更是考验家长的关键时期。不要总拿"我是你妈""你凭啥不听话""让你学你就学""你还反了"这样的话去控制孩子。

我们当然要管孩子，但这"管"得有方法。就像你，当孩子就写过的字词要再写一遍表达不满时，你第一步要做的是先核实情况，然后接纳她的情绪："宝贝，这个字好像真的写过了。这样的话可能是老师忙糊涂了呢。啊，这个失误妈妈和老师都没发现，是你发现了。你说要不要再写一遍呢？你不写，妈妈也觉得没问题，毕竟老师和妈妈都觉得你掌握了就好。"我想你说出这样的话后，孩子大概率会说："妈妈，我看还是写一遍吧，毕竟老师要求了，反正就一个字，就当巩固了。"孩子都是顺毛驴，他看见了你的接纳、你的鼓励、你的肯定、你的体恤，他会干得更起劲。

所以，我和你分享的第三点想法是：学会真正的爱。真正的爱，不是从我们的感受出发要求孩子，而是从孩子的感受出发要求我们自己。

让孩子接受惩罚，这是成长的代价

我娃刚上小学时，我犯的最大错误就是因为总怕他挨老师批评，所以大包大揽地帮他抄作业题目、做手工作品、制作手抄报。甚至我怕他作文写不好，还让他把一篇作文按照我的意思修改了三遍。这样的结果是娃不仅对学习越来越抵触，还把我当仇人。

"妈妈，你的意思不代表我的意思，你又不是我，你凭什么让我按照你的意思来？"有天我又让他按照我的理解写作文时他恼怒地说。

也就是那声怒吼，让我知道自己错了。后来关于他的学习我让他自己想办法，如果实在太差，老师自然就会教育他，他回来后自然要重做，他自然也就知道了凡事要认真。这样一来，我不仅压力小了，而且发现他也在进步中更加自信：作业写好了，老师表扬了；作文慢慢有了灵气，尽管还掐着字数；手抄报会做了，尽管不太美观。

这给我两个启示：第一，孩子有他要走的路，这条路绝不是我们的老路。如果我们拿自己的标准套孩子，充其量他只是和我们一样，绝不会比我们更强。为了让孩子更强，我们必须放手。第二，让孩子接受应有的惩罚，这是成长的代价。他接受了惩罚，知道了错误，明白了努力，才懂得除了踏实没有捷径。

放手让孩子成为自己，和老师一起用适当的惩戒让他在自律中爱上学习。这是我和你分享的第四点想法。

亲爱的，负责的妈妈才焦虑。

你因为想变得更好，所以才把自己搞得这么糟。那些向来都当甩手掌柜的父母从来不会焦虑。但仅仅有焦虑是不够的，我们还要知道，妈妈不是万能的，但为了自己和孩子的成长，哪怕一万种可能妈妈也要试一试。

所以，放下焦虑，接受自己；学会爱、学会养、学会育，学会一边磕磕绊绊，一边治伤疗愈，一边俯身守护，一边迈步向前。

加油！

亲子关系
孩子不是报仇的工具

娜姐：

见字如面。

此刻，深夜两点，气得睡不着，都是因为孩子。或者说都是因为孩子他爸。

我和孩子他爸离婚6年了。离婚时孩子才7岁。他出轨别人，三番五次，不知悔改。我给过他机会，和他陈述过利弊，做过种种努力，但最终他还是选择那个女人。离婚后，房子、车子和孩子都归我，他和那个女人组建了家庭。由于他婚后日子也不是太如意，抚养费给得断断续续，我也没有太较真。但心里面说到底还是恨。尤其是在大街上碰见他们一家三口有说有笑，或者是哪个熟人又传话过来说他如今如何。于是，当初他在我心口上插刀的那些事就会翻江倒海地涌出来让我痛。

他再婚后很快就有了孩子，这6年也没有怎么管过我们的孩子。我也不想让孩子和他亲。每隔两三个月，他提出要见儿子，我心情好时满足他，心情不好时就拒他：凭什么你出轨、背叛我们，做这种伤风败俗的事，还想在孩子面前卖乖讨喜、扮演好父亲？平日里孩子多是我爸妈帮忙接送上下学。我工作很忙，但尽最大能力照顾孩子的学习和饮食。小家伙很少主动提出来要见爸爸。

去年下半年我病了一场，做了个大手术。孩子上了中学，好多事我爸妈也管不了，必须得让孩子他爸爸出面，孩子和他爸爸接触得就多了。也不知道这个男人给孩子灌了什么迷魂汤。总之，从那时起孩子就特别黏他了，说什么爸爸给他自由，什么事都尊重他，我老是限制他，总是控制他。老天爷，这些年为了这个孩子我遭了多少难、吃了多少苦，到头来我却成了恶人，当了6年甩手掌柜的他爸倒成了好人。我真是想不通，所以就更恨这个男人，更不想让孩子和他来往。

昨天，因为学习的事我数落了孩子几句，他竟然偷偷跑到他爸家，还说什么要和他爸过，不跟我过了。那一刻我真是想跳楼：我捧出全部真心，到头来却成了孩子最恨的人。

娜姐，我为什么这么苦命，被男人背叛，被娃嫌弃，付出所有，最爱的孩子也不说我一个好？

知道你忙，但还是想收到你的回信。

求你剖析我、批评我、点醒我。

感谢你。

前夫背叛了你，并没有背叛孩子。

女人们最伟大和最脆弱的所在是总把自己和孩子捆绑在一起：为了孩子，可以付出一切；为了孩子，可以仇视一切。所以，遭到丈夫背叛的女人们张口说出的第一句话往往不是"他背叛了我"，而是"他背叛了我和孩子"。因为在女人的潜意识里，孩子和自己永远都是一体的。

这是个误区。这个误区最大的问题，就是让以受害者自居的女人们活在对男人无法释怀的恨里，要求孩子必须也像自己一样去恨爸爸，否则就视为孩子对自己的背叛。这种想当然的把自己的情绪和审判强加给孩子的做法，会让孩子在分裂中无法自处：每个孩子都携带着父母双方的基因，都流淌着父母双方的血液，面孔里都有酷似父亲也酷似母亲的影子，他要如何清除自己体内的另一半，去迎合妈妈、舍弃爸爸，才能自如地行走在两个最爱的人之间？

他做不到，内心就有冲突。这冲突无法消解，他就会叛逆，就会自伤，就会伤人。这是亲爱的你需要看见的第一个问题。活在对前夫恨里的你，不由自主地在用自己的怨恨绑架你口口声声

说的最爱的孩子，并一直拿他当筹码报复那个伤你最深让你最痛的男人。

这样固然解恨。但这样会把你和孩子的关系推向凶险之地。

孩子逃离你，也是在提醒你

我周末也在为一些孩子做心理疏导。

需要坦白的是，这些孩子多半生活在单亲家庭中，正值青春期。这些孩子在年幼时历经父母离异的创伤，成长中为了讨好他法律意义上的监护人，又隐藏了太多情绪。进入青春期后，学业的压力倒逼激活了他们童年的创伤认知，让他们在身体急速发育和思想剧烈动荡中冲突成灾、无法专注、情绪低落，甚至抑郁生病。

这些孩子最爱说这么两句话："我为什么摊上这样的父母？""我这辈子都不会结婚了！"和他们的父母进一步交流后我发现，这些稚气未脱的孩子之所以说出如此晦暗消极的话，是因为父母在离异时乃至离异多年后依然在彼此厮杀，不停撕裂孩子心口的伤疤。他们的怨怼和仇视让孩子见证了婚恋最糟糕的模式，他们的恩怨和冲突让孩子对自己的源头产生深深的厌恶，以致这些孩子小小年纪就对生活丧失热望和勇气。

亲爱的你因情变和前夫一刀两断，但这一刀斩不断孩子和父亲的关系。何况一个男孩子在成长中需要情绪稳定的母亲提供安全感，也需要强有力的父亲给予自信心。哪怕那个父亲曾做过有违道德的事，但在孩子那里依然有着不同于母亲的意义。

承认这一点，承认伤你的男人永远都是孩子的父亲；承认他有罪于你，但心里也爱着孩子；承认自己至今无法原谅他，但允许孩子去靠近他——这样你才能把孩子从你对那个男人的仇恨中剥离出来，也让孩子在你的宽容里看见离婚的父母如何用成熟理智的方式给他双份的爱。孩子要的不一定是完整的家庭，但一定想要全然的爱。所以孩子的叛逆只是用少年独有的方式提醒你：他是他自己，他有爱他爸爸的权利。

他爱你，没有背叛你，但请你允许他去探索自己。看见这一点，你才能看清下面这些问题。

给孩子自由，让他在现实中碰壁

小孩子心灵的成长不来自父母的说教，不来自课本的灌输，而是来自自我的体验，还有那些体验之下带给他的结结实实的教训和坚不可摧的自信。

青春期的一些孩子追求自由，总搞独立，仿佛离开父母后，他自己就是王一样。真给了他们自由让他们去做自己，他们就会发现想法很丰满，现实很骨感，所有自由都是建立在自身能力的基础上的。

可怜天下父母心。这其中，最可怜的就是父母不敢对孩子狠心。因为怕孩子受伤、出意外、酿大错，我们总是剥夺孩子去体验的权利，结果在控制的爱里让孩子更叛逆。

就像你的儿子，吵吵闹闹着要和父亲生活在一起，觉得父亲对他是真爱，你对他是假爱。你害怕他抛弃你，所以想方设法地把他揽入怀里，结果就是他更加反感你。

正确的做法就是不动声色地放手，让他和他父亲过一段时间。我敢保证，不出一个月他就会乖乖地回来找你。他爸爸有现任妻子，有孩子，家庭也不富裕。不管现任妻子是否善良，面对这么一个毛毛躁躁的半大孩子总会有不周，有抗拒。现任妻子又是你和他爸离婚的导火索，孩子就是不说也不会喜欢她到哪儿去。两人真生活在一个屋檐下，必将人心隔肚皮、一地鸡毛，让他爸爸不得安生。到时候哪怕你前夫曾因错过儿子成长，怀着愧疚的心万分溺爱，还是不得不把娃送还给你：抚养权在你这里。他图新鲜卖个乖还行，真要养孩子哪有那么容易。

分析到这里，我们再一起复盘一下这些认知：

可以不原谅，但放弃对前夫的恨。

恨也是一种过分的消耗。一个伤过你的人不值得你付出前半生又搭上后半生。怨恨、愤懑、复仇都是双刃剑，是在用上一代的刀光剑影在下一代心头投下阴影。

可以不强调，但看见孩子的心。

你不必过分在孩子面前强调前夫（不管是好的还是坏的），但当前夫提出和孩子相见时，你尽量大度。这本来就是人家的权利。他们父子相见，你也暂时解脱，抽空去美容，去健身，去旅游，不好吗？放过自己、解脱自己，全心全意为自己而活的妈妈，才能成为孩子信赖的朋友。

可以不赞同，但要去放手。

孩子有他自己要去的远方、要实现的梦想、要爱的他人，我们没有去过，但要允许孩子去探索。

你为孩子付出了这么多，多年后他成为男人当了父亲会懂得。前提是，你在一路鼓励和成全中让他体味了爱的辽阔和壮丽。

亲爱的，我们不活在爱里就活在恐惧里。

你身上有伤，暗夜又如此漫长，但如果你不跨过仇恨之河，又如何在彼岸看见黎明的繁花和太阳？

摘下受害者的标签，向着"大女主"的方向生长。你要的一切，会在来的路上。